うちのお嬢様が
破滅エンドしかない
悪役令嬢
のようなので
俺が救済したいと思います。
古森きり
Ill. ももしき

マーシャ
リース伯爵家のメイド見習い。超ドジっ子!!
ライナス
公爵家の嫡子。真面目で一本気な性格。
ヴィンセント
前世でプレイしていた乙女ゲームに転生して、リース伯爵家の執事見習いに。お嬢様至上主義!

スティーブン
宰相の息子。可愛らしい見た目と相まって、恋愛小説が大好き。
レオハール
ウェンディール王国第一王子。乙女ゲームでは、公式ゴリ押しの人気NO.1。
ローナ
リース伯爵家の一人娘。乙女ゲームの「悪役令嬢」で破滅エンドが待っている……!?
エディン
セントラル公爵家子息。ローナの婚約者（＝ヴィンセントの敵）。
お嬢様の幸せは
俺が守ってみせる!!

CONTENTS

うちのお嬢様が破滅エンドしかない
悪役令嬢のようなので
俺が救済したいと思います。

古森きり　Ill. ももしき

カドカワBOOKS

口絵・本文イラスト
ももしき

装丁
coil

一章
『お嬢様と俺』

妹は乙女ゲームというものがとにかく好きだ。

俺もゲームは好きなので、就職が決まるまで暮らしていた実家では、たまに妹のプレイ風景を眺めていた事がある。

いやいや、家族の集まる居間でやるなよ。と思った事がないわけではない。

俺はゲームが好きだからまだいいけど、父さんも母さんも兄貴もゲームには興味ないんだからさ。

しかし昨今の乙女ゲームとはポータブルゲーム機でも出来るもののようだ。

突然妹が憤慨した。その画面を見ると、大層美人なご令嬢が映っていた。

彼女は主人公のライバル役で、悪役令嬢と呼ばれるジャンルのキャラクターなんだとか。

なんと、昨今の乙女ゲームにはそんなものがあるのか。

俺が学生時代にやっていたギャルゲーには、ライバル役なんていなかったぞ。

難易度が上がっているんだなぁ。

呑気《のんき》にそんな事を考えていたものだが、その冷淡な美貌《びぼう》の美少女は俺の好みにドンピシャだったので、妹が飽きた頃に借りてプレイしたのを覚えている。

人生初の乙女ゲーム。

だが悲しいかな、悪役令嬢……ライバルキャラとのエンディングなど、乙女ゲームにはないようだった。

ネットで攻略サイトを巡ってみたが、彼女と親密になるルートはない。

とても残念に思いつつ、ノーマルエンディングを見て妹にそのゲームを返却した。

感想を聞かれたので「悪役令嬢の子を落としたかった」と素直にいうと、真顔で「え、お兄ちゃんドMなの？」と聞き返されてしまった。

確かにその冷淡な美貌に比例して、発言も冷ややかでややつっけんどんな感じだったが、主人公のパラメータを考えればご指摘ごもっとも、と思った事ばかりだったような。

「そうかも」

まあ、それも昔の事だ。

就職してから一人で海外旅行に行くのが趣味になった俺は、二十五歳の夏、少し早めに五日ほどの有給をとる。

休暇も残り僅《わず》かとなった頃、実家へ「お土産何がいい〜？」と電話した。

電話口で母さんは「妹が一ヶ月前から行方不明になっているの」と暴露してくれやがる。

リゾート気分？　一気に失せたわ、そんなもん。

なんで一ヶ月も黙っていたんだ！

憤慨して、すぐに日本行きの飛行機に乗り込んだ。

だが、俺はその飛行機で日本に帰る事はなかった。

俺が乗った飛行機は突如左翼のエンジンが火を噴き、そして山へと一直線に――。

親にはとても申し訳なく思う。

娘は行方不明、次男は飛行機事故で永遠に帰れなくなるなんて。

ああ、ごめん……父さん、母さん……。


「…………」


……という記憶を、仄暗《ほのぐら》い天井をぼんやりと眺めながら思い出した。

俺は〝生まれる前〟、外資系企業に就職して勝ち組人生を謳歌《おうか》していた、優秀な二十五歳のサラリーマンだったのだと。

そうだ、それが『俺』だったはず。

だが今はどうだ？

親の顔も分からず、物心ついた頃にはスラム街の隅で、同じスラム暮らしのおっさんおばさんのお情けで命を繋《つな》ぎ、気付けば流行病で死にかけている。

うん、これも『俺』だ。

ああ、熱いなぁ……目の前がクラクラする。

俺は、また死ぬのか？　こんな、まだ十年も生きていない子どもなのに……。

「気が付いたのね」

「……きみは……」

相変わらず歪《ゆが》んだ視界。それでもなんとかランプを持つ少女の顔を見上げた。

俺と歳が変わらなそうな幼い少女は、ランプを側《そば》に置くと、俺の頭に載っている生温かい布を手に取る。

氷水の中へじゃぶじゃぶと布を入れ、絞ると俺の頭に載せてくれた。

ああ、冷たくて気持ちいい。

「飲みなさい。解熱の薬湯です」

「…………」

何を言われているのかよく分からないが、俺の頭は柔らかな膝《ひざ》に載せられて、開いた口に温かなものが流し込まれる。

余程喉《のど》が渇いていたのか、その時初めて口と喉が潤っていく事に気が付く。

だが、に、にっげぇぇぇ……。

苦いけど、喉の渇きには敵《かな》わない。

「じきに薬が効いてくるわ。もう大丈夫よ」

「…………」

この金色の髪と紫の瞳《ひとみ》の美少女は、どことなく見覚えがあるような？

でも、こんな幼女の知り合いはいないはずだ。

身なりもかなりいいように見えるし……。

ダメだ、目を開けていられない。

彼女は立ち上がり、隣の誰かの額の布も同じように取り替えている。

目を閉じた事で聴覚が冴《さ》えたせいか、周りに呻《うめ》き声が多く上がっている事に気が付いた。

ここは、どこだ?

俺は………。


この国――――『ウェンディール』では今、斑点熱《はんてん》という病が流行っている。

南の大国からもたらされたというその病は、名の通り身体中に赤い斑点と高熱が出て、最悪死に至る。

特効薬はなく、解熱の薬草が唯一の療法。

そして親のいない、スラムで草を食らいながら生きていた俺も、例に漏れずその病に罹《かか》った。

ここまでは、覚えているが……。

「苦いけど、飲みなさい。解熱の薬湯です」

「あ、ありがとうございます……ありがとう……」

そんな声が聞こえてくる。

あの幼女の声と、弱り切った同じスラム暮らしのおっさんの声だ。

たまにパンを分けてくれる、気のいいおっさんの……。

解熱の薬草なんて、貴族が買い占めてて、俺たちみたいな下層まで回ってくるわけがないはずなのに?

そんな考えを最後に、俺の意識はまた朦朧《もうろう》としてきた。


どれくらい寝ていたのか。

次に目を覚ましたのは、石造りの建物に太陽の光が差し込んできて、町がざわつき始めた頃。

「ん、んん……」

ぼんやりとしたままの使えない頭を抱えながら、上半身を起こす。

体を起こせるくらい、熱は下がって回復したのか。

あの女の子のおかげか……。

薬湯を飲ませて回っていた、幼いナイチンゲール。

辺りを見回すと、ボロ布の上にほぼ隙間なく寝かされている人々。

皆、顔を見た事のあるスラムの住人たちだ。

額に白い布切れを載せ、呻く者、安らかな寝息を立てる者、深い眠りで微動だにしない者……。

細い通路に数人の白衣の男女が歩いたりしゃがんだりして、患者たちを看護している。

改めて言うが、ここの者たちはスラム街の人間だ。

どうしてそんな俺たちが、見るからに医者の治療を受けているんだ？

一人の白衣の男が、起き上がった俺に気付き、近付いてきた。

口を開けるように言われ、言われた通りにすると「うん、口の中の斑点も消えてきているね」とマスク越しでも分かる笑みを浮かべる。

「あの、ここは？」

「ああ、ここはリース伯爵家が設置した臨時治療所だよ。リース伯爵は知っているかい？」

「い、いいえ……」

「セントラル東区の領主様さ。セントラル……いや、この国の事を学んだ事は？」

首を横に振った。

俺はこの町がスラムで、親が最初からいなかった事しか知らない。

自分の国の事を知らないのは、学ぶ機会がなかったというより、今日生きる方が重要だったからだ。

医者が「簡単に説明するとね」と前置きして、人差し指を立てる。

「この国は大きくイースト、サウス、ウエスト、ノース、セントラルと分かれている。セントラルは、国王陛下のおられる『王都ウェンデル』を囲うように置かれ、また更にセントラル東区、西区、南区、北区として分かれ、各領主に統治されている。リース伯爵様はそのセントラル東区の領主様さ。リース伯爵様は農場の他に、薬草園を営んでおられてね。此度《こたび》の流行病に薬草園を開放されて、解熱の薬草を大量に卸して下さったんだ。お陰で『王都ウェンデル』の人たちだけでなく、君たちのように身寄りのない人たちの治療にも使えるようになったのさ。まあ一番は、リース伯爵令嬢が、わざわざここまで足を運ばれたのが大きいけれど」

「リース伯爵令嬢？」

あの方だよ、と医者が出口に顔を向ける。

外では炊き出しが行われていて、そこには昨夜の金の髪の幼女。

暖かそうなピンク色のコート。後ろ姿だけでも品のある佇《たたず》まいだ。

貧しいスラムの住人たちは、こぞって炊き出しに並んでいる。

あんな連中を前に顔色ひとつ変えない、あの子が——貴族のご令嬢？

馬鹿な、そんな事があるのか？

貴族ってのは偉そうにして、平民を小馬鹿にしながら高い飯をバカバカ食らうしか能のない奴等じゃないのか？

「食欲があるならもらってきてあげるよ。食べればもっと早く良くなる」

「あ、は、はい……」

医者が声を弾ませて言うから、思わず頷《うなず》いてしまった。

後から聞いた話だが、この簡易な石造りの臨時治療所を作ったのも、セントラルの医者を集めて医師団を結成し、ここに派遣してくれたのも、リース伯爵家だったらしい。

斑点熱が流行りだしてから、自分たちの事しか頭にない貴族連中に縛られていた医師たちは、そんな貴族たちから解放されて生き生きしている。

医者としての生き甲斐《がい》、沢山の人を助けたいという願いが叶《かな》い、充実感を得ていたからだ。

どうせ貴族の気まぐれだろう、と皮肉を言う奴もいたが、ほとんどの住民はリース伯爵家に感謝した。

俺もだ。

リース伯爵令嬢は、斑点熱に苦しむ人々へ手ずから薬湯を飲ませたり、頭の布を取り替えてやったりしていたから。

あんな事、伯爵令嬢のやる事じゃないだろう。

それも、あんな幼女が！

「あの！　俺にも手伝わせてください」

「…………。……では、炊き出しに使う薪《まき》割りを手伝ってちょうだい。それが終わったら、水壺《つぼ》に井戸水を足しておいて」

「はい！」


すっかり体調が回復した頃、俺は彼女に手伝いを申し出た。

彼女は無表情のままだが的確に指示を出す。

ナイチンゲールというか、もはや司令塔だな、あの幼女。

大盛況だった治療所が閉鎖するまで、彼女はそこに滞在したし、俺も手伝いを続けた。

苦しんでいた人が治っていくのを見るのは、純粋に嬉《うれ》しかった。


「そういえば貴方、名前はなんというの？」

治療所の閉鎖が決まった日の夜、お嬢様にそう問われて口を噤《つぐ》んだ。

俺には名前というものがなかった。

前世の名前なら思い出せるが、この世界ではどう考えても馴染《なじ》まない。

黙り込んで俯《うつむ》いた俺に「名前がないのかしら」と首を傾げるお嬢様。

「は、はい。親の顔も……分かりません。気付いたらここにいて……」

「そう。では、ヴィンセントと呼ぶわ」

「え」

「ありきたりな名前だけど、貴方はとてもよく働くし、言葉遣いも丁寧。我が家の使用人として働いてみる気はなくて？　今度、この辺りの建物を取り壊して、薬草園と農園を拡《ひろ》げる事になったの。この辺りに住んでいる者たちには、そこで働いてもらうわ。だから、人手はいくらあっても足りない。わたくしは忙しいの。手伝いがお好きなら、わたくしに今後も尽くしてくださらないかしら」

「……………は、はい……はい！　喜んで！」

彼女は一切笑わない。

笑わないけど、彼女の言葉には光が満ちていた。

俺は名前を授かり、職を授かり、居場所を与えられた。

その後、このスラムはリース伯爵家によって開拓され、職やその日の飯にすらありつけなかった人々は、その薬草園や農園で雇われ、暖かい寝床と一日三度の飯を手に入れる事になる。

ローナ・リース。

俺の人生を変えて、与えてくれた人。

これらは全て、彼女がわずか六歳で成した功績である。

『お嬢様と婚約者（仮）』

あれから四年。お嬢様、十歳。


「お茶会に行くわ」

「おお、ついにお嬢様もお茶会デビューですか。いつです？」

「次の金曜日よ。王子殿下の十歳の誕生日を祝う茶会なの。気が滅入るわね」

「あはは。それは、壮大そうですね」

ほい、と収穫したリンゴを放り投げられる。

俺の持つカゴはもういっぱいだ。

とても貴族のお嬢様とは思えないが、リース伯爵家は代々庭が農園になっている、らしい。

東には牛や羊の放牧場や、厩舎《きゅうしゃ》まであるのだから「ここは本当に貴族の屋敷か？」と、一度は疑いたくなるだろう。

本日のローナお嬢様は、使用人たちと共に果樹園のリンゴの収穫。

俺には牧場にしか見えないお屋敷のお庭を、『農園である』と語るリース伯爵家の一人娘、ローナお嬢様もついにお茶会デビューか。

お茶会……お茶会ねぇ。お茶会ってつまり遠回しにお見合いだよな。

いや、お嬢様のお歳で婚約者がいないのは、割と珍しいくらいだけど。

だが、初のお茶会参加が王子様の誕生日を祝うものだなんて、ある意味ぶっつけ本番みたいな感じじゃないか。大丈夫なのか？

「その間、俺はどうしていたらいいのでしょうか」

「そうね、執事を目指してみたらどうかしら」

「執事ですか？　俺が？」

なれるのか？　と、いう意味で見上げた。

お嬢様は相変わらず無表情。

だが、それが逆に彼女を人形のような美しさへと押し上げる。

太陽の光に金の髪がキラキラと輝き、幼さの残る顔がひどく大人びて見えて、俺はドキドキしてしまう。

「ええ、貴方は努力家でもあるし、ローエンスは見込みがあると言っていたわよ」

「本当ですか？　それなら俺、ローエンスさんに弟子入りします！」

「そうしてちょうだい。貴方が優秀な執事になれば、わたくしも少しは楽になるわ」

ほい、と最後のリンゴを放り込む。

カゴでキャッチして道を開けると、お嬢様が脚立から降りてきた。

背は、俺の方が少し高い。

「お茶会に行くようになったら、もうあまりジュリアにも乗れなくなるわね……」

「そうですね。でも、ジュリアは賢いですから分かっていますよ」

ちなみにジュリアというのはお嬢様の愛馬だ。

乗馬は令嬢でも嗜《たしな》むものだが、貴族のご令嬢が専用馬を持っているというのは珍しいらしい。

リンゴでいっぱいになったカゴを運び、果樹園担当のロマニーに渡す。

「次は隣の畑ね」

「え、まだやるんですか？　そろそろお勉強のお時間ですよ」

「分かっているわ。次の収穫は隣の畑ね、という意味よ」

「ああ良かった。お嬢様、そのまま収穫に行きそうなんですもん」

「これ以上みんなの仕事を取ったりはしないわよ」

そうして下さい。使用人一同、心からそう願う。


「さてと」

お嬢様が貴族令嬢としてマナーや学科を学ばれている間、俺はお側《そば》にいられない。

執事になれば、それも叶うようになるだろう。

執事か、そんな選択肢があったとは。

本来執事とは、その家に長く仕える家の子どもがなるものだが、リース家の執事家系、ローエンス・セレナードさんは結婚に失敗している。

失敗って別に離婚したとかではなく、そもそも結婚が出来なかった人だ。

前世で彼女居ない歴=年齢の俺が言う事でもないけどな！

というか俺、結構スペック高かったし、顔も上の中くらいだったのに、なんで彼女出来なかったんだろう？

自分で言うのもなんだけど、給料は割と良いし、妹がいた分そこまで女心に疎いわけじゃなかったから、彼女の一人や二人出来てもおかしくなかったと思うんだけどな……謎だ……。

ああ、それにしてもローエンスさんに会いに行くの憂鬱《ゆううつ》だな。

あの人、仕事は完璧《かんぺき》の超有能執事なんだが、いわゆる『お茶目系おっさん』で的確にこっちをイラっとさせてくるんだよ。

いや、だがお嬢様の執事になる為ならば！


「ローエンスさん！　弟子にしてください！」

「お、ついにその気になった？　じゃあこの書類にサインして」

「え」

本宅の横にある使用人用の棟にいたローエンスさんに、開口一番交渉を始めたら一枚の紙を差し出された。

この屋敷に来てからお嬢様に「わたくしの身の回りの世話をする使用人たるもの、文字の読み書きは必須《ひっす》よ」と言われたので、一応読み書きは出来るが……。

俺は書類の文字に現実味が感じられず、二度見どころか四度見した。

「ローエンスさん、これは……？」

「養子縁組の書類だよ」

「俺、執事の仕事を教わりたいんですよ？　どうしてそんな話になるんですか」

「一子相伝なんだもの」

「執事の仕事が？」

「執事の仕事には秘技があるのだよ」

「秘技！」

し、知らなかった！

でもローエンスさんの仕事ぶりを思うと、確かにそんな秘技がいくつかあってもおかしくない。

やっぱり執事ってすごいんだな……。

「でも俺、親に捨てられてたんですよ？　こんなどこの誰かも分からないようなガキを養子にすると、ローエンスさんにもリース伯爵家の方々にもご迷惑になると……」

「そんな小さな事を気にするような方々ではないよ。無論、ボクもね。それに、その事をキミが意識して上を目指し続けるのなら、いずれ気にならなくなるさ」

「ローエンスさん……」

いい歳したおっさんがウインクって。

……笑えてくる。俺は小さな事にこだわっていたのかもしれない。

お嬢様も、旦那《だんな》様も奥様も、俺に身寄りがない事を気に留めた事など一度もなかった。

お嬢様は俺の仕事ぶりを認めて拾ってくださったんじゃないか？

それなら、それに報い続ける事が、俺がここにいる理由のはずだ。

「ここに名前を書けばいいんですね？」

「そうそう」

お嬢様から頂いた名前。

ヴィンセント。

確かにごくごく普通のありきたりな名前だが、俺にとっては特別な名前である。

書類を記入して、ローエンスさんに手渡す。

「うん。それじゃあこれでボクはキミのパパになりました。今後は気軽にパパって呼んでね」

「嫌です」

それは考えてなかった。だが、断る。

何はともあれ、これで俺は、リース伯爵家に長年仕えているセレナード家に迎えられたって事になるのか。

俺の名は今後、ヴィンセント・セレナードとなる。

身寄りのなかった俺がまさか『苗字《みようじ》持ち』になるとは……。

「愛称は何がいいかな？　ヴィニー？　ヴィンス？　ヴィル？」

「何でもいいです、ローエンスさん」

「あん、パパって呼んでぇん」

「気色悪いです」

……これが『養父』。

つらい。

でも、これも俺がお嬢様に仕え続ける為に必要な試練だ。

耐えろ、俺。乗り越えろ、俺。

「それより、早く俺に執事としての訓練を付けてください。何から始めればいいんですか？　立ち振る舞い？　マナー？　それともスケジュール管理の方法などでしょうか？」

「ボクは厳しいよ。キミに付いてこれるかな？」

「何でもやります」

「では、まずはこの屋敷で働いている者の顔と名前を全員、覚えてきなさい」

「え」

　俺の想像とは違い、執事とはその屋敷で働く全ての使用人の管理も行うのだそうだ。

　メイドたちはメイド長が管理するが、男の使用人やシェフ、あと多分この家だけだが厩舎や牛舎、農園、果樹園の代表管理人も、大きく分ければ執事であるローエンスさんの部下に当たる。

　彼らの名前はもちろん、性格や得手不得手を覚えておいて、彼らの能力に合った仕事が出来るよう差配する。

　それもまた、この屋敷の主人であるミケイル・リース伯爵の為になるのだ。

「でもこの屋敷、伯爵家の中でも珍しいくらいの人数……下手したら公爵家並みに使用人がいるぞ？　それを全員覚えてくる？

「挨拶回《あいさつまわ》りに行ってきます！」

「うん、早めにね。教える事まだまだ山のようにあるから」

「はい！」


　こうして俺は執事としての第一歩を踏み出した。

俺はお嬢様を支えられる立派な執事になってみせる！

まずはお嬢様がお茶会にお出かけされる時に、付いていけるレベルになるぞ！

それにしても、ヴィンセント・セレナード……どこかで聞いたような、見たような？

なんだ？　この既視感……。

＊＊＊

数日後の金曜日。

本日はお嬢様が人生初のお茶会に参加された日である。

早朝から準備でばたばたされ、『王都ウェンデル』まで馬車で約二時間。

お昼頃から開催され、夕飯より早い時間にお戻りになられた。

俺は同行出来なかったんだが、どうだったんだろう？

婚約者になるような令息は見付かったんだろうか？

お夕食後のお茶を淹《い》れるローエンスさんにくっ付いて、本棟の広間に足を踏み入れた。

そこにはお嬢様と旦那様、奥様。

なんだろう？　雰囲気が、おかしい。

頭を抱えた旦那様に、嫌な予感を覚えた。

「ローナ、確かにそれはエディンくんが無礼だったと思うけどね……」

「わたくしは謝るつもりはございませんわ。本日の茶会は、王子殿下の誕生日を祝うものでしたのよ。そんな場であのような……！　非常識ですわ」

……珍しくお嬢様がガチギレだ。

相変わらず無表情だけど、あんなに強い口調のお嬢様、初めて見たかも。

なんだなんだ？　何があったんだ？

ああ、突っ込んで聞く事の出来ない執事見習いの俺……。

「ほほほ。ローナお嬢様も奥様に似て、お転婆なところがおありですからね〜」

「笑い事じゃないよ、ローエンス……」

「そうですわね。ディリエアス公爵は、あなたの事を目の敵のように思ってらっしゃる節がありますもの。きっと何か言われますわね」

ぐったりした旦那様に、困り顔の奥様。

お茶を飲み終えると、お嬢様は立ち上がってお部屋を出た。

俺はローエンスさんに断ってお嬢様を追い掛ける。


「お嬢様」

「……エディン・ディリエアスという公爵家のご子息が、茶会で見目の良い令嬢を侍《はべ》らせていたのよ」

「へ」

「その中にわたくしも加われと……。非常識にも程があるわ」

「……そ、それは……それはそうですね」

公爵家——貴族の爵位の中では一番高い位だ。

そのご子息となると、さぞや甘やかされて高慢ちきに育った奴なんだろうなぁ。

ご令嬢の中でも見目のいい子を集めて、気取っていた、と。

そんな場違いなハーレムに加わるように言われて、お嬢様は公爵家のご子息を咎《とが》めたのか。

……無理なくない？

「ぶん殴って差し上げたかったわ」

「耐えたんですね」

「王子殿下の誕生日なのよ。そのような事出来ないわ」

良かった。

良かったな、エディン・ディリエアス。

……ん？　エディン・ディリエアス？　これもどこかで聞いたような？

まあ、それをいうとお嬢様の名前、ローナ・リースというのもどこかで聞いたような……。

なんだ？　引っかかるな。

「レオハール王子は笑ってお許しになっていたけれど、将来王子を支えるべきお家柄のご子息があれでは、先が思いやられます」

「レオハール、王子」

あれ？　その名前も聞き覚えがあるような、見覚えのあるような？

どこかで習ったか？　文字の読み書きの時かな。

うんん？　いや、人の名前は自分の名前くらいのはず。

どこかの噂話で耳にした？　うーん、もっと昔……そうだ、前世で聞いたような……。

「ごめんなさい」

「え？」

「貴方に愚痴を言ったら頭が冷えたわ。でも、地位をひけらかし、子どもとはいえ女性を軽んじたあの男を許せなかったのよ。明日、きちんと公爵様には謝罪に行くわ。お父様に伝えておいて」

「え？　お嬢様は何も悪くないではありませんか⁉」

「そうではないのよ。家柄はもとより、ディリエアス公爵様は軍事の要である騎士団総帥。敵対して得になる事など何ひとつないわ。それでなくともお父様はディリエアス公爵に敵視されているようだし……」

不仲なのか。

確かに親同士がそんな関係なら、尚更《なおさら》子ども同士でいざこざを起こすのは、なぁ？

納得はいかねーし、誰がどう見てもお嬢様は悪くないが、事を大きくしない為にお嬢様は自分が折れるのか。

謝りたくない奴に頭を下げてでも。

なんて、なんてご立派なんだ！　見習え、公爵家子息のがきんちょめがぁあ！

「分かりました、旦那様にはそのようにお伝えいたします。ご立派です、お嬢様」

「いいえ。そもそも突っかからずに流せば良かったのよね。わたくしもまだまだだわ……」

聞いたか公爵家子息のがきんちょ。

これが十歳児の台詞だぜ？　女子の大人になる速度、パネェな。

「もっと場数を踏まなければダメね」

「ではお茶会に参加される回数を増やされるんですね」

「そうね。人付き合いってわたくし、苦手なのよ。愛想笑いも上手く出来ないから……。けれど、リース家の者として苦手な事から逃げ回っているわけにはいかないわよね。お父様にお願いして、親戚《しんせき》筋のお茶会には招待して頂けるようにします」

「が、頑張ってください」

笑うのが苦手なお嬢様。

頬に手を当てて、しみじみと「笑顔ってどうやって作るのかしら」と悩んでおられる。

口角を上げる練習からされてみては、と助言してみるが「これでも毎日やっているのよ」と言われてしまった。

マジか。これは深刻そうだぜ。

＊＊＊

翌日、お嬢様は旦那様と共にディリエアス公爵家へと赴かれた。

俺は引き続き、屋敷で働く人たちへの挨拶回りをやりながら、彼等の人となりを知るべく積極的に会話した。

……執事がこんなにコミュ力いる仕事だとは思わなかったぜ。

だが、前世で兄貴の真似して空手、剣道、柔道をかじり、その他スポーツもとりあえず手あたり次第。

趣味、海外旅行の他、楽器、料理、イベント企画やボランティア……興味がある事にはなんでもチャレンジしてきた、俺のコミュ力は今世で大いに役立った。

あっという間に大体の人と仲良くなれた、と思う。


「ただいま戻りました。ローエンスさん」

「ああ、お帰り。お嬢様たちもお帰りだよ」

「許して頂けたんですかね？」

「まあ、どう考えても非があるのはあちらだからね。公爵家のご子息とはいえ、王子殿下の誕生日会で他の貴族令嬢を侍らせていたらまずいでしょう。そもそも、王子殿下のお茶会は名目上の話。本来の目的は殿下の婚約者探しなんだもの」

この国の王子殿下はお嬢様同様まだ婚約者がいない。

それで誕生日の茶会と称して婚約者探しを……ってそんな場で婚約者候補の令嬢を侍らせていたらそりゃ怒られる。

ローエンスさんに付いて、本棟へ向かう。

家着に着替えた旦那《だんな》様とお嬢様は、奥様と共に大広間でローエンスさんが淹れたお茶を飲む。

しかし旦那様の表情ときたら昨日よりも暗い。

お嬢様は……相変わらず無表情で読めないが。

「で、いかがでしたの？」

お茶を一口飲み終えた奥様が、少し心配そうに旦那様へと問いかける。

俺も思わず生唾《なまつば》を飲み込む。

旦那様が頭を抱えながら「うん」と一つ頷《うなず》く。

「ディリエアス公爵からローナを是非、エディンくんの婚約者にしたいと頭を下げられたよ」

「はい？」


…………………は？


「いやぁ～、あんなディリエアス公爵は初めて見たよ。余程ご子息の振る舞いには頭を悩ませていたらしいね。ローナがぴしゃりと叱《しか》り付け、彼が生まれて初めて怒られてしょげてるところを見て『うちの息子にはこの子しかいない！』と思ったんだって。僕たちが到着した時、ちょうどこちらを訪ねようとしていたと慌てられてしまったよ」

「……それは、何と言いますか……。それで、どうお返事なさったんです？」

「返事はローナに一任したんだけど」

「お断りする理由が特にありません」

「!?　お、お受けになったんですか!?」

あ、やべ。思わず口を挟んじゃった。

だ、だってお嬢様……そんなクズ野郎の婚約者って！

「相手は公爵家です。身分はこちらが下。お父様もディリエアス公爵との繋《つな》がりが出来ます。何か悪い事がありまして？」

「いや、でもねぇ……」

「そ、そうよ。お相手の気持ちもあるでしょうに……。ローナ、エディン様は何と言っていたの？　あなたの事を婚約者にしてもよいと？」

「絶対に嫌だと駄々をこねておいでしたわ。ですがディリエアス公爵がお決めになられた事ですもの。あの駄々がどこまで通じるのでしょうね」

……淡々と、えええええ⁉　お嬢様、そんな、淡々と他人事のように⁉

「婚約が成立するにしても白紙になるとしても、ローナはいずれ嫁に行くんだよね……」

「まあ、お父様……何を今更……」

旦那様、まさかそれで表情暗かったのか？　お嬢様が嫁に行くから？

うっ、それは確かに考えると辛《つら》い！

「ですがそうなりますと、この家はどうなりますの？　お父様」

「え？」

「そうですわ、跡取りがいなくなります！　あなた、すぐに養子を探さないと！　公爵家子息が婚約の申し入れをしたとなると瞬く間に噂が広がります！　お話が白紙になっても、公爵家が婚約を持ちかけたとなればローナはモテモテですわ！」

「お、お母様、そんな大袈裟《おおげさ》な……」

「そ、そうか！　ローエンス、すぐに親戚から引き取れそうな子がいないか探してくれ！」

「かしこまりました」

突然慌ただしくなった。

一礼したローエンスさんは空になった茶器を台車に載せて、部屋を出て行く。

あ、俺も出て行かないと。

「…………」

部屋を出る前にお嬢様を盗み見る。

部屋の本棚から一冊のマナーの本を取り出して、椅子に戻るところ。

マイペースというか無頓着《むとんちゃく》というか。自分の事にも興味がないかのような、お嬢様。

いや、もしかしたらまだ、結婚がどういうものなのか、分かってないのかも？

お嬢様、そんな王子の誕生日にもかかわらず令嬢を侍らせているような空気も読めないクソガキのところに嫁に行くなんて、本当に意味分かってるのかよ？　俺は、そんなの……。

「…………泣かすか……」

「うん？　何？」

「いえ、何でもありません」

もし、お嬢様との婚約を了承なんてしてみろクズ野郎。絶対、泣かす。

ローナお嬢様、十歳。

婚約者（仮）が出来た。

#『お嬢様と王子様』

「こんにちは」

「こんにちは、お出迎えが遅くなり申し訳ございません」

「ううん。突然来たのはこちらだから気にしないで～」

エディン・ディリエアス公爵家子息とバトったお嬢様が、その父親のディリエアス公爵に見初められ、ご子息の婚約者になる話が持ち上がって三日目。

特に進展もないので、やはり破綻《はたん》かな？　とほくそ笑む俺の目の前……正確には無表情に立ちすくむお嬢様の眼前にそのお方は現れた。

ウェンディール王国王子、レオハール・クレース・ウェンディール……！

あまりの突然の訪問に、屋敷はばたばたと慌ただしくなり、俺はお嬢様に言われて大急ぎで中庭のテラス席を準備している。

え？　え？　こんな事ある？　王子が予告なしに現れるとか、こんな事あるの？

俺だけじゃなく使用人一同、奥様も卒倒しそうになる出来事。……やっぱり普通じゃない！

「本日はどのようなご用件でしょうか」

「うん、謝罪にね」

「はい？」

「僕の誕生日会で嫌な役回りをさせてしまっただろう？　……それにしてもこの屋敷は太陽の光がたくさん入るんだね～。とても気持ちいいよ」

あはは、と笑いながら両手を広げてくるくると回転する、金髪碧眼《へきがん》の実に眉目秀麗《びもくしゆうれい》な美少年。

なんだ、これ。え？　こいつ何しに来たって？

従者も一人だけ。この人本当に本物の王子なのか？

「ヴィンセント、お茶とお菓子を」

「は、はい、ただいま！」

王子（仮）を怪しんでいる場合じゃねぇ！　仕事、仕事……。

……でも……。


こっそり。


お茶とお菓子を置いた後、中庭を覗《のぞ》き見《み》る。

お茶を上品に楽しむ金髪の美男美女。

十歳の子どもであの空気感……。

「改めて、今日は君に謝罪に来たんだ。先日はすまなかったね」

「とんでもございませんわ。むしろ、殿下がわざわざいらっしゃる事でもございませんのに……。まして謝罪など……」

「いや、あれは僕が諫《いさ》める場だっただろう。それを淑女の君にさせてしまった。申し訳ない」

「殿下……」

な、なんてまともな王子様だ。

お嬢様以外に、ここまで十歳児離れした十歳児が存在していたとは。

さすが王子。王子の名は伊達《だて》じゃないのか。

「それはそれとして、君と話をしてみたくてね」

スッ、と王子様が手をあげる。

横に佇《たたず》む従者が一礼して、俺の方……正しくは屋敷の中へと入ってきた。

ヤベ！

慌ててカーテンの中に隠れる。

人払い？　どういうつもりだ？

「僕には母違いの妹がいるのだけれど」

「存じ上げております。マリアンヌ姫様ですわね」

「うん、マリアンヌは僕と違って正妻の子で、十中八九彼女が次期女王となる。陛下も溺愛《できあい》しているから、僕に王位を継がせるつもりはないだろう」

「！　……それは、殿下……」

「そうなんだよ、現時点で城の中も外も忙《せわ》しない。僕は王位に興味がないから、マリーがそれに見合うだけの淑女になってくれればと思っている。とは言え、マリーはその自覚がいまいち足りないようでねぇ。エディンもお茶会で君が見た通り、アレだろう？　将来国を支える女王と公爵家の者がアレでは、さすがに不安になってね……」

困ったものだ、と深々とした溜息《ためいき》。

なんか小難しい話してるな。十歳児だろ？　あの二人。

あれ、政治的な話だろ？　うわー……。

「伯爵家令嬢でありながら、ローナ・リース、君は公爵家子息のエディンを叱り付けた。君を見た時に思ったんだ。君なら権力に屈する事もなく、この国の為に正しい道筋を示してくれるんじゃないかなって」

「買い被《かいかぶ》りですわ」

「そうかな？　では僕の婚約者になって欲しいと言ったら？」

「それはご命令ですか？」

「いや、例え話さ」

「ならばお断り致しますわ。まだエディン様との婚約話が、どうなるか分かりませんもの」

「うんうん、君はきっとそう言うと思ったよ」

会話が突然終わる。

お茶を飲む二人。

空気は和やかなまま。

「……………ローナ、僕の味方になってくれないかな」

その沈黙を終わらせたのは王子様。

にっこり微笑む王子様に、俺の角度からはお嬢様の表情は窺《うかが》えない。

まあ、いつもの無表情なんだろうけど。

「僕は民を無益な争いに巻き込みたくはないんだ」

「わたくしに何をお望みなのですか」

「今のところ特に何もして欲しい事はないかな。ただ、事が起きてからでは遅い。僕には必ず味方でいてくれる人間が、一人でも多く欲しいんだ」

「そのような重役を、なぜわたくしに？」

「君がエディンに『それでも民を守り、導く次期公爵ですか』と言っただろう？　君は民を思い遣《おもや》る事が出来る人なのだと思った。権力や欲にまみれた者たちとは違う。それは、君のこれまで成した功績を見ても分かる。きっと君は、成長しても根幹は揺るがないだろう。そういう人間に味方でいて欲しいんだよ、僕は」

……驚いた。

この歳でお嬢様の事を、あそこまで理解しているなんて。王子様、スゲェ。

ああいう奴にならら、お嬢様を嫁にやっても、まあ……いいか。

あ、でもお嬢様が王子様の嫁になったら王子妃か？　お城に上がる事になるから俺、付いていけないかも？　それは嫌だ！

「……人は変わりますわ」

「そうだね。僕が誤った道に進みそうになったら、君が止めてくれ」

「わたくしを過大評価しすぎです」

「そうかもしれない。そうじゃないかもしれない」

「………。分かりましたわ。わたくしは殿下の味方になります」

「ありがとう」

あのお嬢様を、説き伏せた。


「…………」


こっそりとその場を離れる。

さっきの会話。

お嬢様を味方に付けて、あの王子様は何がしたいんだ？

今のところ、何もして欲しい事はないとか言っていたけど。

レオハール、王子。

……やっぱり聞き覚えがある。それもかなり前。どこだったっけかな？

レオハール、レオハール、レオハール……。


『――――僕は王位に興味はないんだ。だから、僕に何か期待しても無駄だよ』


……金髪碧眼で眉目秀麗なちゃらんぽらん王子……。

あ、そうだ、思い出した。

乙女ゲームだ。

前世で妹に借りてプレイした乙女ゲーム！　確か、舞台は『ウェンディール』王国……。

メイン攻略キャラクターはレオハール・クレース・ウェンディール、エディン・ディリエアス、ケリー・リース、ヴィンセント・セレナード……。

ん？　……ヴィンセント……セレ、え？

「…………え……？」

「あ、こんなところにいたの、ヴィンセント！　もう探したよ。王子殿下が訪ねてこられて、あちこちてんてこ舞いなんだから……あれ？　どうしたの？」

「……ローエンスさん、ちょっとデータをまとめたいので、一度部屋に戻っていいですか」

「あ、うん」

素早く、優雅に！　そして、一目散に！

使用人用の棟に戻り、二階の自室に飛び込む。

ノート！

ペン！

落ち着け、落ち着け、落ち着け！　落ち着いて思い出せ！

――乙女ゲーム『フィリシティ・カラー』。

現代日本のごく普通の女子高生――ヒロインがある日、不思議な光に包まれ異世界『ウェンディール王国』に戦巫女《みこ》として召喚されるという、ゲームの題名とはかけ離れた結構シビアなタイプのファンタジー作品。

五百年に一度行われる『ウェンディール王国』を含めた五ヶ国の代表五名による、大陸の支配権をかけた代理戦争。

ヒロインは『ウェンディール王国』国王に『その戦争を勝利に導けば、元の世界に帰す』と言われる。

しかし、ごく普通の女子高生でしかないヒロインは、戦う事に難色を示す。

国王はそんなヒロインの心情を無視し、国の秘宝『魔宝石』を授けた。

膨大な魔力を孕《はら》んだ、その『魔宝石』を手にした事で、ヒロインは治癒の力を手に入れる。

そしてヒロインは『ウェンディール王国』で最も魔力適性が高い四人の男性を従者とし、彼らに『魔宝石』の魔力を注ぐ事で『魔法』を使用出来るようにさせるのだ。

その四人の男性こそメイン攻略対象。

王子レオハール・クレース・ウェンディール。

公爵家子息、エディン・ディリエアス。

伯爵家子息、ケリー・リース。

そして、ケリーの執事……ヴィンセント・セレナード。

攻略対象は彼ら以外にも、追加攻略対象や敵国の代表者などがいるが……そこは割愛する。

それよりも、それよりも、だ！

ウェンディール王国のメイン攻略対象キャラクターには、攻略の妨げとなるライバルキャラクターが登場する。

レオハールの妹姫マリアンヌ・クレース・ウェンディールと……ローナ・リース伯爵令嬢。


そうだ、どこかで聞いた事がある名前だと思っていたんだ。

お嬢様の名前も、俺の名前も、王子も公爵家のクソガキも！

俺が前世でただ一度だけ妹に借りてプレイした乙女ゲーム！

え？　じゃあ、俺は乙女ゲームの世界に転生したのか？

そんな事あるの――――!?


……………頭を抱えながら、自分が書き出した内容を眺める。

ぼんやりとしていた前世の記憶の中でも、特にたいした事ない部類のそれを、よくぞ思い出したと自分を褒めたいくらいだが……。

「れ、冷静になろう、一度」

深呼吸を繰り返す。

よし、改めて頭の中のごちゃごちゃを整理しよう。

もしかしたら偶然の一致かもしれないし、何より前世の記憶ってやつも俺の妄想かもしれない。

前世、い、いや、うん……物心ついた頃の事や、親兄妹《きょうだい》の事もはっきり思い出せる。

妹から借りた乙女ゲーム『フィリシティ・カラー』。
攻略サイトは死ぬほど巡ったが、実際のプレイは一周しかしていない。しかもノーマルエンディングオチ。
それは俺が攻略したかった対象が野郎ではなく、ライバル悪役令嬢――と言われていた――ローナ・リースというキャラだったからだ。
ローナ・リース……うん……。

お　嬢　様　じゃ　ね　ー　か　っ　！

国の名前はウェンディール　↓　一致！
伯爵令嬢ローナ・リース　↓　一致！
王子様がレオハール　↓　一致！
公爵家子息エディン・ディリエアス　↓　一致！
なにより、俺の名前……ヴィンセント・セレナードも攻略対象キャラクターと、一致！

「…………俺、攻略対象キャラなの……？」

確かヴィンセント・セレナードは、伯爵家ケリー・リースの執事として登場していたような……。
そしてケリーには、義理の姉がいる。それこそがローナ・リース伯爵令嬢。

俺が一目で気に入った悪役令嬢で、彼女目的で畑違いの乙女ゲームをプレイした。

しかし攻略サイトを巡れども巡れども、彼女の運命は――。


【レオハールルート】↓婚約者のエディンと結婚。生涯女癖の悪い夫に心を痛める。

【エディンルート（ハッピーエンドの場合）】↓エディンがヒロインと結ばれると、お嬢様は崖《がけ》から飛び降りて自殺。

【エディンルート（バッドエンドの場合）】↓ヒロイン死亡。お嬢様はエディンと結婚し、女癖で生涯苦労し続けるパターンと、エディンが死亡してヒロイン共々モブと結婚の二パターンがある。いらねぇだろバッドエンディングにパターンとか！

【ケリールート（ハッピーエンドの場合）】↓ヒロインとケリーが結ばれると、ネチネチとヒロインを虐《いじ》めて服毒自殺する。

【ケリールート（バッドエンドの場合）】↓婚約者のエディンと結婚し生涯苦労し続ける。ヒロインは戦争で命を落としている。

【ヴィンセントルート】↓婚約者のエディンと結婚。生涯女癖の悪い夫に心を痛める。


「お嬢様にはバッドエンディングしかない⁉」

なんで自殺？　酷くない？　エディンの女癖の悪さも大概だが、それにしたってエディンとケリーのルート……ヒロインがハッピーエンドだとお嬢様が自殺って！

待て、確か攻略対象の好感度が低くて、攻略を失敗してもお嬢様はエディンの妻になり、女癖の悪さに悩まされながら生涯を終えるって攻略サイトで見た気がする。……地獄か？

自殺エンドだけでも悲惨なのに、夫の女癖、苦労と心労の生涯……そ、そんな事って……。


「ふざけるなっ！」


お嬢様は確かに愛想笑いすら出来ない不器用な方だが、そんなエンディングを迎えていいはずがない！　そんな事になるなら、俺が彼女を救って幸せにしてみせる！

ここが本当に乙女ゲーム『フィリシティ・カラー』の世界で、そんな場所に俺が記憶を持って生まれてきたというのなら……。

「お嬢様、俺が必ず！」

だが具体的にどうやって？

前世だと思っていた古い記憶が、本当に前世のものだと仮定して、この国が乙女ゲームの世界に出てくる『ウェンディール』だとしても……お嬢様や王子様（あと俺も）の年齢を考えるにゲームは始まっていないんじゃないか？

ゲーム内の王子たちの年齢は、十七だか十八だったはず。

じゃあ、ゲームのシナリオが始まるのはおおよそ七、八年後……か。

まずはその辺りの不鮮明な部分をはっきりさせて、その頃に代理戦争があるかどうかを調べよう。

あるのなら――ここは『フィリシティ・カラー』の世界。

そう、確定とする。

そしてその場合、お嬢様の破滅しかないエンディングを回避するには――――。

やはり全てのルートで関わってくるエディン・ディリエアス……奴だ。


ゲーム内の奴は、とにかく女好きでいけ好かないクズだった。

あんな野郎とお嬢様が結婚するのも、あんな野郎の為にお嬢様が命を絶つのも絶対に許さない！

つーか乙女ゲームで、よくあんな奴を攻略対象にしたたな、製作会社。

いや、確か攻略サイトで、エディンルートに入ると戦闘経験ゼロのヒロインにフルボッコにされて、心を入れ替え努力家にジョブチェンジする……みたいな記述を読んだ気が……。

なるほど、フルボッコにして天狗《てんぐ》のように伸びきった奴のだらしのない鼻を、根元から徹底的に叩《たた》き折ればいいのか。

「ふ、ふふふふ……」

そうか、それなら俺がこれからやるべきなのは、奴の鼻を叩き折るだけの知力体力戦闘能力、これを手に入れる事……！

享年二十五歳、一流大学卒の外資系企業リーマンの実力ナメんなよ？

知力はこの世界の事を中心に学び直す。体力には農作業で自信はある。

戦闘能力……この辺りはローエンスさんに相談して、剣なり何なりを学ばせてもらうか。

ふっふっふ、首を洗って待ってろよ、エディン・ディリエアス……！

「あとはケリールートだが……」

お嬢様にはまだ義弟《おとうと》はいない。

だが、親類縁者から養子を取る話は出ていたな。

それがケリーであるなら、ケリーのルートはどうすればいいんだ？

お嬢様のケリールートでの結末。

攻略サイトによれば、ケリーにヒロインが想いを寄せている事に気付いたお嬢様は、ヒロインにきつく当たり散らす。

結果、ヒロインが国を勝利に導いた後、ヒロインを虐めていたと断罪され、国王に自害を言い渡される。

自分の身の不始末は自分で取ると宣言し、悪役令嬢ローナ・リースは自ら毒を飲み干し絶命する……。

ええ？　いや待て……あの優しいお嬢様が虐めを？　俺の記憶がおかしいのかな？

仕方ない。本当にリース家に来るのがケリーだと決まっているわけでもないし、ケリールートは後回しで考えよう。

「あれ、待てよ？　そもそもまだお嬢様とエディンは正式に婚約者になったわけじゃないよな？婚約者にならなければケリールート（ハッピーエンド）以外の問題は解決するんじゃないか？」

おお！　それはいい事に気が付いたぜ！

ノートを閉じてペンをしまい、部屋から出て華麗に優雅にお屋敷に戻る。

すでにレオハール王子は帰っていたようで、奇妙な緊張感があったお屋敷は、いつものほほんとした空気に戻っていた。

お嬢様を探すと、まだ中庭でぼんやりお茶を飲んでいる。

辺りには誰もいない。

「お嬢様」

「なに？」

声をかけてから「はっ」とした。

執事見習いとはいえ、使用人風情がお嬢様の婚約話に口を挟むなんて……。

い、いやいや、これはお嬢様の将来の為だ！

「その、余計な事と承知の上で申し上げますが、エディン・ディリエアス様とのご婚約は、お辞めになられた方がよろしいのでは」

「わたくしからお断りする段階は過ぎているわよ」

「…………」

そ、そういえば、ディリエアス公爵邸を訪ねた時に、公爵直々に申し入れられて「構いません」と返答していたんだ、このお嬢様は。

くっ、なんて事……！

「それに、殿下にもお願いされてしまったしね」

「え？　お嬢様とエディン様のご婚約をですか？」

「ええ。エディン様の事は殿下も頭の痛い問題だったようなの。わたくしがエディン様の手綱を締める事が出来るのなら、将来の不安が一つ減るそうよ」

よ、余計な事をあのちゃらんぽらん王子！　こっちの将来の不安は跳ね上がるっつーの！

「わたくしにそんな事は出来ないと申し上げたのだけれど……」

「そうですよ！」

「でも、殿下の気持ちも……分からないでもないのよ」

「え？」

あの王子の、気持ち？

ティーカップがソーサーに載せられる。

聞き逃しそうなほど小さな溜息。

「レオハール様は側室ですらない……言葉は悪いけれど、陛下が目を留めただけの、下働きの女性からお生まれになったの。そのお母様も、殿下が生まれてすぐに心労で亡くなられたそうよ。あの方にはお城で居場所がないのでしょうね。エディン様は大変無邪気な方で、そんな殿下とも親しくしてらっしゃるのよ。だからこそ、殿下は成長しても、エディン様にお側《そば》にいて欲しいんだと思うわ」

「お嬢様……」

大変無邪気とか、言い得て妙。さすがお嬢様。

……だが、それじゃダメなんだ、お嬢様。

エディンの野郎が変わらなければお嬢様は幸せになれない！

「心配してくれてありがとう、ヴィニー」

「！」

「お茶のお代わりを持ってきてちょうだい」

「……は、はい！　ただいま！」


ローナ・リースお嬢様、十歳。

その三日後、エディン・ディリエアス様と正式にご婚約が成立した。

それは俺の長き戦いの幕開けでもあった。

『お嬢様と義弟』

お嬢様の婚約者が決まってから半年後、リース家に新たな破滅フラグの可能性がやってきた。

俺は現在進行形でひきつった笑みを浮かべ、お嬢様とともにそいつのお出迎えに出ている。

そいつは膝《ひざ》に怪我をしている、不貞腐《ふてくさ》れ面のガキ。

赤銅色の髪と赤い瞳《ひとみ》、年の頃は八、九歳くらいだろうか？　実に攻撃的な表情だな？

「ケリーだ。遠縁の子だが、今日から我が家の一員となる。皆、よろしく頼むよ」

はい、旦那《だんな》様。

俺を含めた使用人、メイド一同が丁重に頭を下げる。

第一印象から性格悪そうで頭が痛いが、俺は別な意味でも頭が痛い。

『ケリー』という事は、お嬢様の破滅ルートが増えたのだ。

しかもまだ何の対策も思い付いていない。

それに、ゲームで俺は、お嬢様の執事ではなくこいつの執事だったはず。

それも嫌だ！　俺はお嬢様のお側がいい！

「よろしく、ケリー。わたくしは……」

「ふん！」

お嬢様が声を掛けて手を差し出すが、ケリーの奴はプイと顔を背ける。

なんなんだこいつ。

そんな態度を伯爵の令嬢にとっていいと思っ……。

「わたくしはローナ。今日から貴方の姉です。早速この屋敷の中を案内するわ。付いておいでなさい」

「ふん！」

「ケリー、せっかくだからローナと屋敷の中を見て回って……」

「ふん！」

お嬢様の言葉にも、旦那様の言葉にも、同じようにそっぽを向くケリー。

き、貴様ぁ～！　お嬢様にこんなお優しいお言葉をかけて頂きながらもその態度とは！

俺からのげんこつが欲しいと！　そういう事なのかな～!?

「あはは、困ったねぇ」

「大丈夫ですわ、お父様」

「ローナ……」

「ヴィニー」

「はい、お嬢様」

呼ばれて一歩前に出る。

まさかお嬢様、俺にぶん投げる気じゃ……。

「ケリーに厩舎《きゅうしゃ》と農園を案内するわ。付いて来て」

「え。あ、かしこまりました」

厩舎と農園？

俺とは違う意味で「厩舎と農園？」という顔をしているケリーを促し、先に外へ出る。

お嬢様は着替えないと、厩舎や農園にはいらっしゃらない。

先に行って色々説明しておいて、と言い残し、自室へ戻っていく。

……マジで？


「……ここ、貴族の屋敷じゃないのか？」

ケリーを厩舎へと案内する途中、実に純粋な疑問を投げられた。

半笑いになってしまう。だよな、そう思うよな……。

「リース伯爵家は、先々代の頃より屋敷の庭に農園や厩舎、放牧場、果樹園、薬草園を造り、運営しておられるのです。確かに貴族のお屋敷とは思えない規模と生産数を誇っておりますが、四年ほど前、国で斑点熱《はんてん》が流行った際は、薬草園を開放されて国を救った事があるのですよ」

「斑点熱……俺も罹《かか》った」

え、マジか。

さっきまでのつっけんどんな態度が急に不安げになる。

あれ、苦しい上、身体中に浮かぶ斑点が気味悪くて怖いもんな。気持ちは分かるぜ。

「そうなのですか。実は私も斑点熱で死にかけたんです」

「お前も罹ったのか！」

「はい、ですがこのお屋敷の薬草で命を救われました。それがご縁で、今こちらのお屋敷に仕えさせて頂いております。リース伯爵家の皆様には感謝しても、し足りないくらいです」

「立派な方なんだな。それに比べて俺の親は……」

「ケリー様の、実の親御様ですか？」

ケリー・リース。

攻略サイトにはリース伯爵家に養子に来る前の生活は詳しく載ってなかったな。

「貧乏な男爵家の五男として生まれたらしい。だがそんなに子どもを養えないからと、金と引き換えに養子に出された。前の家で聞かされたんだ。俺は余分に生まれて売られたんだと。結局前の家にも息子が生まれたから、俺はいらなくなったんだとよ」

「……そんな……」

養子のたらい回し！　そんな事あるのか？

「この屋敷の奴らも、後継がいなくなるから俺を引き取ったんだろう？」

「え、ええと、その、ですが、伯爵様は……」

「後継なんて、興味ねーっつの！　俺は好きにやらせてもらうぜっと！」

「あ！」

な、なんてスルスルと猿のように木に登るんだ、この坊っちゃまは！

クソッ、厩舎まであと少しだというのに！

「フッ……」

そうかい、そっちがその気なら俺も本気を出そうじゃあないか……。

前世で俺がどこで育ったと思ってやがる。

春には黄色いスギ花粉が風で散布されていくのが目視出来るほどの山の中だぜ？

ゆえに！　俺もそれなりには木登りに覚えがある！

「何をしているの」

「お、お嬢様⁉」

腕を捲《まく》ってケリーの登った木にガシッと手をかけた時、後ろから上品な作業着に着替えたお嬢様に声をかけられた。

や、やばいやばい、変なところを見られるところだったぜ。

あ、いや、そうじゃない！

「ケリー様が木の上に……」

「まあ、元気ね。とてもいい事だわ」

「べーッだ！」

ガキ全開か⁉

「じゃあその元気を貴方の馬のお世話に使いなさい。ほら、会いに行くわよ」

「え？　俺の、馬？」

「先日生まれたの。貴方がいらないのなら、騎士団に売る事になるけれど……」

「…………」

お嬢様の姿を目にして、放牧場担当のマーチが駆けて来る。

ああ、放牧場担当のマーチはジャーマン・シェパードの女の子だ。

大変優秀な子で、俺にも尻尾《しっぽ》を振って笑顔を振りまく可愛いお嬢さん。

彼女は牛舎の牛たちを放牧場へと誘い、夕方には牛舎へと戻してくれる。

放牧中も周囲の警護を担当しているのだ。

「犬！」

ケリーはそんなマーチを見るや否や、嬉《うれ》しそうに木から降りてきた。

マーチは基本、男が好きだ。

ケリーにも一瞬で懐いて尻尾を振る。……え、打ち解けるの早すぎじゃありません？

「この子はマーチよ。放牧場を担当しているの」

「ここで飼ってるのか？」

「他にもマーチの旦那さんで、ピースという子がいるのだけれど……」

お嬢様が放牧場を眺める。

ピースはオスのジャーマン・シェパード。

マーチがこんな性格のせいもあるのかもしれないが、慎重な性格で責任感が強い、男前なやつだ。

「ダメね、ピースは近付いて来ないわ」

「初めて見る人間に警戒しているんでしょうね」

俺も半年ほどは警戒されて全然近付いて来なかったからな。

だがケリーはというと、マーチを撫《な》で回しながらピースにも興味津々。目がキラキラだ。

動物が好きなんだな。

「なぁ、馬、見たい！」

「ええ」

「あっちにいる牛や羊は触れるのか？」

「あの子たちは今食事中よ。でも、お世話に興味があるなら、後で案内してあげるわ」

尻尾を振るマーチを伴って厩舎へ行くと、そこからはケリーがまるで別人のようになった。

厩舎の中にいた、生まれたての仔馬《こうま》に目を爛々《らんらん》と輝かせ、それはもうしつこいくらい丁寧に話しかけたり、母馬に餌《えさ》や水を持って行ったり……。

いや、え？　お前も貴族の出だよな？　やってる事が専門の人みたいだぞ？

「まだ名前がないの。今後も世話をするのなら、貴方が名付けていいわよ」

「ホント？」

そうして、嬉々《きき》としてケリーは、仔馬に「ジャスティ！」と名前を付けた。

うん、いい名前だ。

「この子のお世話は貴方に任せるわ」

「うん！」

打ち解けるの早！　いや、良かったけど……。

「あ！　猫！」

厩舎から出て、次は農園へ案内しようとしたところ、今度はミミさんが「プミャー」と鳴きながら現れた。

ミミさんは農場の倉庫に、ネズミ除《よ》けとして勤務されているベテランだ。

彼女にもベリーという旦那がいらっしゃる。

ちなみに、彼女たちは雑種で元野良猫。住み込みで働くようになった時期も別々だ。

「ミミよ。農園の倉庫でネズミや虫の番をしてくれているの」

「よろしくな、ミミ！」

「フシャー！」

「あまり大声を出すと引っかかれるわよ」

気難しい方なんだ、ミミさんは。マーチの時のようなノリで接すると流血沙汰《ざた》になる。

「すごいな、ここ！　いろんな動物がいる！」

「そうね、よく言われるわ。でも、民を導き守る貴族だからこそ、民の悩みや苦労を実際味わってみる事が、彼らを理解する事に繋《つな》がる。その考え方で、曾《ひい》お祖父様は屋敷の庭をこのようにしたのだそうよ」

「貴族、だから？」

「ええ。民に負担ばかりを強いてはならない。民と共に歩む。そして民を守り導かねばならない。それが我がリース伯爵家の家訓なの。……お父様が養子を迎えるとおっしゃった時、わたくしは養子で来る者が、この家訓を理解出来るのかと少し不安だったわ。けれど、貴方はきっと大丈夫ね」

「…………」

確かに、動物の世話も好きみたいだし……。

貴族らしからぬリース伯爵家の庭を興味津々で見ていて、貴族のくせに木登りが出来るこの子なら、お屋敷に馴染《なじ》むのも早いだろう。

というか、既にマーチや厩舎の子たちとは仲良くなったようだし。

「……ずっとここにいていいの……？」

「？」

「俺……」

「何を言っているの？　当たり前でしょう？　貴方がリース伯爵家を継ぐのよ。このお屋敷と、農場や厩舎の子たちを守っていくの。わたくしはお嫁に行くのだから、貴方が頼りなのよ」

「…………」

グッと泣きそうな顔になったケリーから、俺は目を逸《そ》らした。

そうか、お前も俺と同じだったんだな。俺と同じように、お嬢様に与えてもらったのか。

居場所を。――生きる場所と意味を。

「立派な人間になりなさい。この屋敷の事を馬鹿にする者たちに、舐《な》められないような人間に」

「……うん！」


この日、俺と同じお嬢様の犬が増えたのだった。

『お嬢様と前世の記憶』

　ケリーがリース伯爵家に養子にきてから早一ヶ月。

「ヴィンセント、剣の先生が見付かったよ。ただし、ケリー様と一緒に習う事になるけど」

「構いません。ありがとうございます、ローエンスさん」

　この屋敷の事や、貴族としての礼儀作法、剣術を嗜《たしな》む事になったケリーのついでだろう。

　だが、それでも構わない。

　エディンの奴の鼻をへし折る為に、俺には戦闘能力を磨く必要があるのだ。

「まあ、どのみち習わせるつもりだったけどね」

「え？　そうなんですか？」

「執事として、主人を守る為に戦う必要があるかもしれないだろう？　戦闘技術も執事の嗜みだよ。ほほほ」

　そうだったのか。

　まあ、嗜む程度で終わらせるつもりはないけどな。

　クックックッ、エディン・ディリエアス！　首を洗って待っているがいい！

「あ、そうだ。ローエンスさんに聞きたい事があるんです」

「なんだい？　ボクの誕生日？」

「俺はこの国の歴史や文化、お嬢様たちのようなお立場の方々について、ほとほと無知だと思ったんです。今後もお嬢様にお仕えし続けるには学がなさすぎます」

「なるほどね……」

この間、レオハール王子が訪ねてきた時に、お嬢様が言っていた王子の出生について。

俺は攻略サイト巡りのおかげである程度知っているつもりだったが、エディンとレオハール王子が親しくしていたなんて知らなかった。

しかもそれがお嬢様とエディンの婚約に大きく関わるなんて！

お嬢様の破滅エンドを回避するのには情報が必要だ。

頼みの綱の『フィリシティ・カラー』に関わる情報で把握しているのは、今のところ登場キャラの名前とざっくりとしたストーリーくらいだからな。

「分かったよ。それなら、ケリー様の家庭教師が来た時に一緒に教わったらどうだい？　ケリー様は前の家で、あまり勉強をされていないみたいだから」

「良いんですか？　是非！」

ケリーと一緒か。

使用人風情と一緒に勉強を教わるケリーの気持ちは確認しないで良いのかよ？　と思わんでもないが、こちらとしてはありがたい。

「ああ、それから明日の朝から食後のお茶はヴィンセントが担当しなさい」

「え、良いんですか⁉」

「茶葉の種類も、お茶の淹《い》れ方も完璧《かんぺき》になったからね」

ウインクはいらなかったがお墨付きを頂いた！　よっしゃあ！

お嬢様のお好みのお茶を研究した甲斐《かい》があったぜ！

「あと、シェフに料理も教わりたいです」

「まだ習うの？　ヴィンセントは貪欲《どんよく》だなぁ」

お嬢様の口に入るものなら、何でも作って差し上げたいからな！

表情筋エクササイズがまるで効果をなさないお嬢様が少しでも笑顔になるように、俺が手伝える事は手伝いたい！

……ほんと、何であんなに表情筋が仕事しないんだか。

「はっ！　そろそろ家庭教師の方がお見えになる時間だ！　お嬢様を呼んで参ります！」

「はぁ～い。よろしくね～。じゃ、シェフの件は頼んでおくから～」

「よろしくお願いします！」

廊下の柱時計が十三時半を差している。

お嬢様の事だから作業着のままだろう。

ローエンスさんと別れたあと、お嬢様の着替えの準備をメイドに頼み、厩舎《きゅうしゃ》へと向かった。

「お嬢様！　そろそろお着替えしませんと、家庭教師の方をお待たせしてしまいますよ」

「ああ、そんな時間ね。今日はなんのレッスンだったかしら」

「本日はダンスです」

お嬢様はまだ十歳。社交界デビューは五年後。

だが令嬢として社交ダンスの練習は今からしておかねばならないらしい。

なぜならお嬢様はごく普通のご令嬢と違って……愛想笑いが出来ない。

これは令嬢として致命的。

その他でカバーせねばならないのだ。悲しいけれど。

「それと、旦那《だんな》様よりお茶会の招待状をお預かりしております。お着替えの合間に目を通してください」

「分かりました。ケリー、わたくしは準備があるので先に行きます」

「うん。いってらっしゃい、義姉《ねえ》さま」

で。

取り残された俺とケリー。

見るとケリーは泥だらけ、馬糞《ばふん》まみれで厩舎を掃除し続けている。

お嬢様もアレだが、お前もこの環境に馴染みすぎじゃあないか？

ジト目で眺める俺の後ろから、厩舎の担当マイケルさんが新しい干し草を持って来た。

これを下に敷いて、ジャスティの部屋の掃除は終わりなんだってさ。

……いやいや……。

「新しい寝床だぞ、ジャスティ。よしよし……ほら、あったかくっていい匂《にお》いだな？」

「ケリー様、終わったならお風呂《ふろ》へ行きますよ」

「まだジャスティのブラッシングが終わってない」

「仔馬に執拗《しつよう》にブラッシングしたら母馬に怒られますよ」

それでなくとも乳離れしてないのに！

見ろ、母馬が心配そうにうろうろしているではないか！　そろそろ母馬に仔馬を返してやれ！

「坊っちゃま、ジャスティはミルクの時間です」

「えー、そっかぁ……」

マイケルさんの助け船で納得したケリー。

書庫室から本でも借りてきて読もうと思っていたが、まずはこのガキの洗浄だな。

ッチ！　余計な仕事増やしやがって！

「厩舎も良いけど、農園や薬草園の仕事も早くやってみたいな！」

こいつ自分が貴族って自覚をどこかへ忘れてきたんじゃあないか？

おかしいな、俺の知っている……というか、ゲームをプレイしていた時や攻略サイトを巡っていた時のケリーのイメージとかなり違うぞ。


ケリー・リース。

ヒロインの従者候補の一人として選出される程の魔力適性を持つ、リース伯爵家の跡取り。

ヴィンセント（俺）と同じ敬語キャラで、メイン攻略対象の中では最年少であり、最も紳士的で落ち着きのある人物。

が、それは表向きの姿。

ケリールートに入り、親しくなるにつれて、やんちゃな子供っぽい一面を覗《のぞ》かせ始める。

そのギャップにやられるプレイヤーが多数。

妨害してくるキャラは義姉《あね》で悪役令嬢のローナ・リース。

ヒロインへのネチネチとした虐《いじ》めはまるで姑《しゅうとめ》。


……俺が覚えている攻略サイトの記述はそんな感じだった。

やんちゃな子供っぽい一面、ね。

なるほど、今のこのガキらしい感じを残しつつ、貴族としてお嬢様の義弟《おとうと》として、大人びた猫かぶり技術を習得していくのか。

だがケリールートのお嬢様は、毒を飲んで自殺するという破滅が待っている。

クソ、なんでそんな事に……。

今の段階では、ケリールートにならないでくれと願うしかないな。

もしくはレオハールルートか、ヴィンセント（俺）ルート……あ、女子高生の相手とかおじさん無理。

やはりまずはエディンの奴をとっちめて、お嬢様との婚約を解消させる！

調子こいたガキを圧倒的な実力差で泣かす！　コレだ！

「……ふっふっふっふっ……」

「？」

だが念には念を入れて、覚えている恋愛イベントに関しては、救済ノートに書き出してメモしておこう。

何分、十数年ほど昔の記憶だからな……曖昧《あいまい》な部分が多い。

書いていく事で思い出す事もあるかもしれない。

つーか、ヴィンセントとして生まれ育って十年くらい。妹に借りてプレイしたのが二十歳くらいの頃だろ？

前世で死んだ年齢から遡《さかのぼ》っても、五年前のゲームって、ちゃんと思い出せるかな……。

い、いや！　思い出すんだ、俺！　お嬢様をお救いする為だ！　根性だ‼　根性で何とかしろ！

「おい、どうかしたのか？　おなか痛いのか？」

「あ、いえ、何でもありませんよ、ケリー様。さあ、お風呂へどうぞ。お一人でちゃんと体は洗えますか？」

「あ、洗えるに決まってるだろ！　バカにすんなよ！」

ま、さすがに風呂くらい一人で入れるよな。

「それにしてもお前、使用人のくせにひときわ生意気だな」

生意気に関してはお前にだけは言われたくねーよ。

「申し訳ございません。気を付けてはいるのですが、ケリー様は歳が近いので、つい友人のように接してしまうのです」

「ゆ、友……。そ、そうか、なら仕方ないな」

そう呟《つぶや》き、ケリーはやけに嬉《うれ》しそうな顔をした後、照れ隠しのように顔を逸らす。

一ヶ月ほど観察していて分かった事だが、ケリーは歳の近い友人がいた事がない。

攻略サイトにも「ヴィンセントとは主従というより悪友や兄弟に近い」と書いてあった。

実際、ケリーの俺に対する接し方も、貴族が使用人に対して取るものというよりは、友達にするようなものが多いように思う。

こいつは絶対、友達が欲しいんじゃないか？

養子に来て間もないし、前の家にいた頃も一人で遊んでばかりだったらしいし、遊びたい年頃の男子ならダチがほしいのも無理もないよなぁ。

俺、前世では兄貴と妹はいたが、弟はいなかったので、ケリーと接していると不思議な感覚になる。

そう、兄貴的な感覚がふつふつと。


はっ！


いやいや、何を絆《ほだ》されているんだ、俺は。

ケリーはお嬢様を破滅エンドに陥れる可能性が、一番高い相手だぞ。

一人で風呂に入れると言うし、俺は仕事に戻らないと。

あ、そうだ、書庫室から何冊か本を借りて勉強もしよう。

＊＊＊

だが、それからまた一ヶ月も経つと、俺とケリーは一緒にいる時間が更に増えた。

家庭教師に勉強やマナーを教わったり、剣の先生に稽古《けいこ》を付けてもらったりする時、俺がケリーのおまけとして一緒に学ばせてもらうからだ。

朝食後のお茶を俺が淹れさせてもらうようになったせいもある。

当然、ますます兄貴的な感情が強く出るようになった。

最近は『貴族と使用人』というより、完全に弟を相手にしている感覚だ。


「ヴィニー、あとで中庭にお茶とお菓子を持ってきてちょうだい」

「かしこまりました、お嬢様。ケリー様もご一緒ですか？」

「あの子はお茶より薬草園の手伝いがいいそうだわ。リース家の跡取りとして、あの子もすぐお茶会に呼ばれるようになるでしょう。早めにお茶会の作法も覚えて欲しいのだけど……」

「お菓子で釣りますか？」

「そうね。でも、今日はいいわ」

最近俺はお菓子も作れるようになったのだ！　簡単なクッキーとかくらいだけど。

前世はもっと色々作れたんだけど、作ってないと料理って忘れるもんなんだなぁ。

まあ、調味料とか食文化とか、違いが多いのもあるけど。

今のままじゃ、まだまだお嬢様に食べてもらえるレベルではない。

今日も素直にシェフお手製のものをトレイに載せて中庭へと運ぶ。

本宅の中庭は見事な庭園。

そして聞いて驚くがいい。

なんとこの中庭もまたお嬢様がご自分で土から耕されて作った庭なのである。

さすがだ。土のプロか……。

「美しい薔薇《ばら》ですね」

「わたくしがお祖母様に頂いた薔薇を、品種改良しながら育てたの。まだもう少し花弁を増やしたいと思っているわ」

「え！　お嬢様、品種改良までするんですか⁉　どれだけ何でも出来るんですか⁉」

「あら、貴方も歳の割には落ち着いているし、ケリーよりも勉強熱心で何でも出来ると聞いているわよ？」

「いや、歳の割に落ち着いてるって、お嬢様に言われたくないですよ」

「そうかしら？　わたくしは表情を作るのが苦手だから、そう見えるだけではなくて？」

……そ、それもあるかもしれないけど……。

「いや、でも、流行病で寝込んでる病人に、あんなに優しく出来るお嬢様は本当に人間が出来てますよ」

「前世では医療関係者だったのよ。だから、普通の令嬢よりは出来る事が多かった。それだけよ」

「それにしてもですね」

ん？

「……前世？」

「ええ。……ああ、知らないのね？　わたくしたちのような貴族や王族の方々は、前世の記憶を持って生まれてくるの。とはいえ王族の方々ほど、はっきり多くを覚えているわけではないそうだけれど」

「え……」

「五百年毎《ごと》に、大陸の覇権を奪い合う代理戦争が行われるから、だそうよ。獣人族と人間族は、エルフや人魚、妖精《ようせい》と違って数十年で寿命がきてしまうから、女神様にお願いして記憶を引き継ぎ、情報や経験を引き継ぐ事が出来るようになったと伝わっているわ」

「…………………」

前世の記憶を……、情報や経験を引き継ぐ。前世の記憶！

五百年毎の大陸の覇権を争う代理戦争。

獣人族、エルフ、人魚、妖精、人間。

か、確定じゃねぇか。やっぱり、ここは——————！

いや、今はそれより……。

「お、お嬢様にも前世の記憶があるんですか？」

「ええ。ただ、技術的な記憶ばかりね。人格に影響がある記憶はほとんどないわ。それが普通とも言われているけれど……。貴方はどうなの？」

「俺は……」

技術的な記憶か……。

確かに、身に付けた知識や仕事の経験は、今の人生に生きているとは思うが……。

「いや、結構覚えてますよ？　両親と妹と兄がいて、大学卒業後は都会に出て就職して一人暮らしして……」

「だいがく？」

「ええ、大学……」

あれ、お嬢様は大学知らないのか？

あ、そうか、この国には貴族が通うアミューリア学園しかないんだっけ。

ゲーム内でも、召喚されたごく普通の一般人であるヒロインが、戦術や戦闘技術を学ぶべく放り込まれてパラメータを上げたり、攻略対象たちと恋愛イベントを起こしたり……。

えらく物騒な学園だと思うが、ヒロインの場合は、騎士団志望者なんかが専攻する学科に通わせられていただけなんだよな。

他にも医療や教育、商業や調理……様々な分野を学ぶ事が出来る、この国唯一の高等教育専門学校、それがアミューリア学園。

で　は　な　く　！

「そう、やはり貴方は前世の記憶があるのね」

「あ……」

「初めて会った時から少し変わっているとは思ったけれど」

バレた。

い、いや、でもまさか前世の記憶があるのが普通だなんて思わないだろう？

「だいがくというのは地方にあった施設か何か？」

「え、えーと、そ、そうで、すか、ね？」

「その辺りは曖昧なの？」

「は、はい」

別の世界の教育機関です。とは、さすがに信じてもらえないよな。

それに、ここが昔プレイした乙女ゲームの世界です、なんて……。

乙女ゲームとはなんたるかから説明しなくちゃならねーし。

うん、妹の乙女ゲームをお嬢様に一目惚《ひとめぼ》れしてプレイしましたなんて、口が裂けても言えない。

「そう。けれど、わたくしよりは覚えていそうね」

「そ、そうかもしれません」

「それに前世の記憶があるという事は、きっと貴族だったのね。たまに平民の中にも、前世の記憶を持って生まれる者がいると聞いた事があるわ」

「そ、そうなんですか」

俺は百パー異世界の一般市民ですけどね。多少いい会社には就職しましたけど。断じて貴族様などではありません。

「ああ、そうだわ。ヴィニー、貴方、アミューリア学園に入学しないといけないんだわ」

「はい？」

「前世の記憶がある者は、どのような身分であれ通わねばならない法律があるのよ。来世でより優秀な人間になる為に」

なんですとぉ⁉　え、法律で決まってるぅ⁉

「アミューリア学園は、十五歳で入学して四年間、希望する様々な勉強が出来ます。優秀な者は研究者になる事も出来るわ。研究者になり、国に貢献出来れば爵位も夢ではないわよ」

「お、俺はお嬢様に、この命尽きるまでお仕えしたいのです。研究者になど興味ありません」

「ありがとう。でも、アミューリア学園には行かなくてはダメよ。法律で決まっているのだから」

「うぐ……」

「あら、わたくしと一緒に通うのが、そんなに嫌なのかしら？」

「え？」

お嬢様が悪戯っ子のように首を傾げる。

とても楽しげな声色。

表情はいつも通り無表情だが、これは！

「お嬢様と一緒に？」

「ええ。アミューリアでは貴方も一生徒。わたくしの従者でも執事でもなく、級友として通うのよ。楽しみね」

「お、お嬢様と……！」

な、な、なんだそれは、天国かっ？　そんな展開、ゲームではなかったぞ！

アミューリア学園に通う事になったヒロインにとって、ケリーとヴィンセント（俺）は同級生でクラスメイト。

他のメイン攻略対象……レオハール王子とエディンは三年生の先輩。

そしてお嬢様も一つ上の三年生だったはず。

ヴィンセントはケリーの執事として、ケリーの側《そば》に控えていた。

お嬢様と同級生で学園に通っていたわけではなかったはず。

それなのに……ヴィンセント！　俺だけど！　マジか、ヴィンセント⁉　俺だけど！

「さすがに寮は別だけど」

「りょ、え、寮……？」

「ええ、アミューリア学園は寮生活なの。四年間は寮よ」

寮……。

え？　それは、まさかお嬢様の朝食の準備や、お嬢様の食後のお茶をお淹《い》れする事が出来ないのでは？

お庭のお手入れをするお嬢様の手伝いも、ジュリアのお世話をするお嬢様の手伝いも、今のように中庭でティータイムを楽しむお嬢様へお茶を淹れ、お菓子をお持ちする事も……。

それも、四年も？

じ、地獄かそこは……。

「そんな、嫌です！　お嬢様のお側で！　お嬢様へご奉仕が出来ないなんて！　地獄じゃないですか！　嫌です！」

「一生徒になるのだから学業を優先なさい」

「嫌です！　無理です！　俺はそんな生活考えられません！　俺の生き甲斐《がい》なんですよ⁉」

「そこまでなの？　それなら、ケリーが入学してきたらケリーのお世話をしてあげてちょうだい。あの子もアミューリア学園には通う事になるでしょうから」

「お嬢様がいいです!!」

「ヴィニー……」

年甲斐もなく、ましてお嬢様相手になんという我儘《わがまま》。

だが譲れない。

俺はお嬢様の執事になると決めているんだー！

お嬢様のお世話が出来ないなら、お嬢様の同級生になんてならねー！

「分かったわ、学園に通うようになっても、何か手伝ってもらえそうな事があったら一番にヴィニーにお願いするから。だから泣き止みなさい」

「おじょうさまぁ!?」


こうして俺は五年後、本来であれば貴族しか通わないアミューリア学園への入学が決まった。

お嬢様に「何か手伝ってもらえそうな事があったら、一番にヴィニーにお願いする」という約束を取り付けて。

これが『ヒロインのクラスメイトとして』、『ケリーの執事』としてヒロインと関わるはずの『ヴィンセントルート』の破壊に繋《つな》がったとは気付かない。

それに『ヴィンセントルート』はお嬢様のエンディングになんの影響もない。

歯車は少しずつ狂っていく事となるが、俺の闘いはまだまだ始まったばかりであった。

二章

『お嬢様と俺の義妹《いもうと》』

一概には言えないが、この世界の貴族は十五歳が一度目の成人の目安とされている。

十五歳は夜会デビュー。

まだ婚約者のいなかった貴族も、ほとんどがこの歳で将来の相手を定める。特に女性にその傾向が強い。

そして学園で残りの青春を謳歌《おうか》し、二十歳で二度目の成人を迎え、卒業と同時か翌年には結婚。

んで、その婚約者ってのは、親が決めたりする以外だと、お茶会で本人たちの「あ、この人良いな」とかから決まったりもする。

うちのケリーはまだ婚約者が決まっていないので、割と頻繁にお茶会にお呼ばれするのだ。

しかし、昨今のお茶会は、例年のような誰と誰が婚約したとか、誰と誰が出世するだとか、そんな話は二の次になっていた。

「今年からアミューリア学園で魔力適性検査が導入されたそうですわ」

「まあ。ではいよいよ私たちも魔法が使えるようになりますの？」

「魔法の授業が増えるという噂がありますものね？」

「噂ではありませんの？」

「お待ちになって、まだ検査があるというだけでしてよ？」

「けれど、そもそも本当に魔法なんて使えるようになるのかしら？　魔法って、人魚やエルフや妖精にしか使えないんでしょう？」

「怖いわ。魔法を使う為に、人体実験されるんじゃ……」

「ええ？　それってやっぱり、人間族には魔法は使えないという事なんじゃありませんの？」

「ああ、女神アミューリア様、どうか私には魔力適性がありませんように！」

「…………」

お嬢様、十四歳。

本日もお茶会で一人優雅に紅茶を飲んでおられるが、会話には一度も混ざれずにいる。

ホンットに、友達が出来ないなぁ、うちのお嬢様……。

まあ、お嬢様に礼儀作法を厳しく叩《たた》き込《こ》まれたケリーの方は、なかなか凄《すご》い事になっているけどな。

「ケリー様はどう思われますか？」

「私ですか？　私は国や民の為になるのなら、それも必要な事だと思います」

「お、おお……」

家庭教師やお嬢様の指導の成果を遺憾なく発揮した猫かぶりのケリーが、お屋敷の中のアレと同一人物とは思えない知的な笑みで答える。

本日のお茶会は男女混合。

ケリーは令息令嬢に囲まれて大人気。

反対にお嬢様の周りには誰もいない。

口を開けばご自分にも他人にも厳しく、話す内容は高度な政治の話。

冷淡な美貌《びぼう》に、愛想笑いすらしないお嬢様は、簡単に言えば実にとっつきにくいのだ。

男子陣も、かの騎士団総帥の公爵家子息、エディン・ディリエアスの婚約者であるお嬢様に、おいそれと話しかけられるはずもなく。

結果、あのように浮いて浮いて、浮きまくっているのだ。

これは、学園に入学してからもこの調子で友達が出来ないんじゃ……。

うう、お嬢様、頑張って友人を作ってください！

悪役令嬢の孤立なんて、絶対よくないです！　下手したら破滅フラグの要因になるかもしれないしー！


「きゃあ！」


ガッシャーン！

えらく派手な音を立てて、ガラス扉の奥の廊下に、丸いトレイがくるくる回転しながら倒れる。

その真横には、ギャグ漫画ばりの格好でうつ伏せに倒れるメイド服の女の子。

トレイに載っていたであろう、カップケーキは床に散らばり無残な姿に……。

「またなのマーシャ！」

本来なら俺の仕事ではないが、汚れたものを見ると体が勝手に掃除したくなる。

素早く、そして華麗にナプキンで散らばったカップケーキを集めて、落ちていたトレイに載せていく。

あとは別のナプキンで床を拭《ふ》いて……フッ、さすが俺、仕事が早い。

その間、茶会の主催者であるご令嬢の怒鳴り声に顔を上げたメイドは、泣きそうな顔で……あ、いや、泣いて土下座で平謝りし始める。

「す、すみません、すみません！　すぐに片付け……あれ？」

「はい、こちらを」

「あ、ありがとうございます」

「何をやっているの！」

「ひぃ！」

顔を上げたメイドは……若い！

俺と同い年くらいの子じゃないか？　この子くらいの歳ならメイドというより下働きじゃ……？

まあ、俺は出世が早いから執事見習いに昇格したけど！

「誰!?　マーシャに仕事を頼んだのは！　この子は昨日クビにして、と言ったでしょう!?」

「お、お許しください、お許しください、お嬢様！　わたし、ここを追い出されたら行くところがないです！」

「知らないわよ、お前の事情なんて！　さっさと荷物をまとめて出てお行き！」

「お許しください、お許しください……！」

え、えええ～……。

こんな所でそんな話を始めるのか？

立ち上がって距離を取り、他の従者たち同様、事のなりゆきを眺める傍観者になる。

謝るメイドの子に、ますますヒートアップしていくご令嬢はついに片手を挙げた。

あ、殴られる。

こんな場で暴力って、それは令嬢としてアウト――！


「お待ちになって」


挙げられた令嬢の手を見て、お嬢様が声を上げた。

そして彼女に近付くと、少し顔を寄せる。

紫色の瞳《ひとみ》を細めて小声で「客人の前ですわよ」と告げると、令嬢はハッとして肩越しに後ろを気にした。お客人たちの存在を思い出したのだろう。

俺は心の中で拍手喝采《かっさい》だ。

なんて素晴らしいんだ、うちのお嬢様！　かっこいーい！

「あ……」

「わたくしの従者が勝手な真似をして申し訳ございませんでした。ヴィンセント」

「余計な真似を致しました。申し訳ございません」

「い、いえ！　と、とんでもございませんわ！」

両手を前に重ねてお嬢様が頭を下げる。

この家の使用人の仕事を取っちゃったのは本当だからな、謝るさ。

なによりお嬢様が頭を下げたんだ、俺が不貞腐《ふてくさ》れて下げない訳にはいかない。

というか、この状況でお嬢様と俺に謝罪されれば、主催者の令嬢は取り繕うしかなくなる。

……散々醜態晒《さら》したあとなので、意味ないけどな。

「ところで先日、我が家のメイドが一人、寿退職してしまいましたの。こちらのメイド、我が家で引き取ってもよろしいですか？」

「え……？」

「え？」

「屋敷の掃除が行き届かず、困っていますの。いかがかしら？　もちろんお礼は致しますわ」

「……あ……え、ええ、も、勿論《もちろん》ですわ……」

一切の笑みなく、ほぼ事務的な感じで、お嬢様はこのマーシャというメイドを颯爽《さっそう》と拾い上げていった。

さすがお嬢様！　素敵！　かっこいい！　踏んで！

あれよあれよと決まった自分の再就職先に、目を白黒させる少女へ俺は手を伸ばす。

そろそろ立ち上がらないと。

「お手をどうぞ」

「あ、ありがとうございます……」

――可愛い。

かなり可愛いぞ、この子。

金髪に青い瞳。桃色の唇。す、すごい！　お嬢様レベルの美少女だ……！

「ありがとうございます。では、わたくしとケリーは時間ですので失礼致しますわ。ご歓談を邪魔してしまい、申し訳ございませんでした」

「え、ケリー様もお帰りですの？」

「またご招待ください。では、本日はお招きありがとうございました」

上品に挨拶《あいさつ》をした二人と共に、俺も笑顔で頭を下げる。

だが、俺の場合は馬車の準備があるんだよ！　いきなり帰るってお嬢様！

いや、まあ、確かにあの場にはいづらいけれどもー！

「すぐに馬車を手配して参ります」

「ゆっくりで構わないわ。貴女名前は？」

「あ、マ、マーシャといいます」

「マーシャ、荷物を持ってらっしゃい」

「は、はい！」

お嬢様とケリーに外套《がいとう》を着せて差し上げて、頭を下げてから馬を連れてきて馬車に繋ぐ。

門の前まで急いで戻ると、お嬢様とケリーが寒そうに待っていた。

だよね、寒いよね！　そろそろ雪が降りそうな季節だしな。

「申し訳ございません。お寒い中、お待たせ致しました」

「いいのよ。急に帰ると言い出したのはわたくしだもの」

「俺は寒いの好きだから平気。それより、あのマーシャって子、どこまで荷物取りに行ったんだ？　昨日の時点でクビっぽい事言われてたよな？」

「見て参ります」


この屋敷の使用人を捕まえて、あの子の部屋のある、使用人の宿舎へ案内してもらう。

するとある部屋の前でドタバタと音がした。

分かりやすい……。

「はばふっ！」

「終わったかい？」

「ぴぎゃっ」

美少女とは思えない声を出す子だな。

扉を開けると、鞄《かばん》に荷物を詰め終えたところのようだ。……でもなんか色々はみ出ている。気にはなったが指摘はせず、彼女の手から荷物を奪い、笑顔を崩さず「行くよ」と言って先に歩き出した。

お嬢様たちをお待たせしているんだ。早くお嬢様の下へ帰りたい。

「あ、待ってけろ！」

「え」

「……あ……」

思わず振り返る。顔を真っ赤にした美少女が、可愛い顔を俯《うつむ》かせてしまう。

「今は急いで。お嬢様たちをお待たせしているんだ」

「は、はい！」

まあ、いいや。

訛《なま》ってる金髪碧眼《へきがん》の美少女なんてむしろレアだ。

しかも三つ編みドジっ子とは……恐ろしい。

まるでギャルゲーのヒロインみたいじゃないか。

俺、金髪キャラは嫌いじゃない。むしろ結構好み。

ま！　一番はお嬢様で揺るぎないけどな！


「お待たせ致しました、出発致します。君は俺の横に乗って」

「は、はい！」

お嬢様たちに一声かけてから、御者台に乗り込む。

彼女の手を引いて引っ張り上げ、座らせてから「すごく揺れるから気を付けて」と一応忠告。

「あなたが運転するんけ？」

「ヴィンセントだ、よろしく」

「あ、マ、マーシャです」

知ってる。

「…………」

「…………」

沈黙。まあ、話題もないし。

というか、楽しくおしゃべり出来る気温ではない。

彼女はプルプル震えっぱなし。

御者台は揺れが強いし、お尻《しり》も痛かろう。

「ヴィニー、彼女を中に入れて」

「え？　よろしいのですか？」

「そんな薄着では風邪をひくわ」

「だってさ」

俺は寒いと分かっていたので防寒は完璧《かんぺき》。

お嬢様のお優しいお言葉で、震えて返事も出来なくなっていたマーシャは、ボックスの中へ招き入れられた。

お嬢様がピンクのマフラーをマーシャの首に巻く。

巻き終わったのを見届けてから、俺は再び馬を動かし始めた。

「そういえばわたくしたちも名乗っていなかったわね。わたくしはローナ・リースというの」

「俺はケリー・リースだ」

「……あ、あの、わたしなんかを……や、雇ってくださって、ありがとうございました……」

消え入りそうな声。寒さと、そして心からの感謝の想いだろう。

うんうん。ほんと、お嬢様は女神アミューリアの生まれ変わりなんじゃないかってくらい、女神だよな。

お美しいしお優しいし。俺も拾われた身だ、気持ちはよく分かるぜ。

「貴女、歳はいくつ？　かなり若いようだけど」

「じゅ、十三です」

「若！　俺と同い年じゃねーか」

「身寄りがないの？」

「ばっちゃとずっと暮らしてたです。けんど、一年前にばっちゃの具合、悪くなって……。薬買う金も、医者さ診せる金もねくって……。だからわたしが働かねぇと……」

「お父様とお母様は？」

「……二人とも、流行病で死んだって……ばっちゃが……」

斑点熱《はんてん》かな？

熱が下がらなければ死ぬ事もある病気だった。

あれが流行ったのは八年前。

五歳くらいならあまり覚えてなくとも不思議じゃない。

「そう……」

「あ、あの？」

「ごめんなさい、つらい事を思い出させたわ。……ところで、マーシャの瞳は青なのね」

「？」

「青だと何かあるの？　義姉様《ねえ》」

「マーシャのようにマリンブルーの瞳は、貴いものだとされているのよ。特に金髪碧眼は王族の方々に多く、富と豊穣《ほうじょう》の女神、ティアイラス様の愛とご加護を一身に受けると言うわ」

「へえ、そうなんだ？　マーシャっておめでたいんだな」

「それを言うなら『ありがたい』よ。ケリー」

さすがお嬢様、なんという博識！

そして、そんなありがたい容姿の子をゲットしたなんてナイスです、お嬢様！

そのご加護でお嬢様の破滅エンドも回避出来ればいいんだが、富と豊穣の女神に祈ってもどうにもならなさそうだしな。

やっぱり俺がなんとかしないと。

「……わ、わたしの見た目を、そんな風に言ってくれたの、ローナお嬢様が初めてだ。う、嬉《うれ》しい……ありがとうございます……」

どんどん頬が上気していくマーシャ。体も心も温まって何よりだ。

うん。

この日、俺と同じお嬢様の犬がまた増えた。

＊＊＊

マーシャがお嬢様に拾われて三ヶ月。

俺は自室で書庫から借りてきた本を並べ、更に一冊のノートを開く。

この世界は間違いなく、乙女ゲーム『フィリシティ・カラー』の世界。

調べれば調べるほど俺が思い出した内容と一致する事ばかり。

これはお手上げというか、観念する他ないだろう。

乙女ゲーム『フィリシティ・カラー』の舞台は、『ティターニア』。

女神ティターニアによって創造されたと伝わっているからだ。

ティターニアは天地創造を成したのち、子孫である女神族と武神族に世界を託す。

この二つの神の一族は通称『天神族』。

天神族はティターニアの造った大地や海に、数多の命と種を与え、育てた。

そして海には人魚族が栄え、大地には獣人、エルフ、妖精《ようせい》、人間が各々の領域を構え、その領域に立ち入らない事で平和を保っていた。

しかし、人魚族は大地も欲しがり始め、獣人は争いと血を好んだ。

エルフは他の種を見下し、妖精は他の種を煽《あお》る。

人間は欲深く、他の種族の領域を支配しようと侵攻を重ねた。

結果、武神族がこの五つの種の争いをやめさせる為に、五百年に一度、種の代表五名による代理戦争をさせるようになったという。

何千年と繰り返される戦いに人間は一度も勝てず、女神族に今以上の力を祈る。

すると女神は、人間に『前世の記憶の継承』——これは主に知識や技術的なものや身体能力の一部などを魂に刻み、のちの転生した者へ引き継がせるもの——を授けた。

そして、人間族の国『ウェンディール王国』は、『前世の記憶の継承』を用いてエルフや妖精のように魔法を習得しようと試みる。

それにより今から百年ほど前、魔宝石という魔力を多量に孕《はら》んだ恐ろしい魔石が何者かにより作られた。

多大な魔力を秘めた魔宝石は当時の王に危険だと判断され、封じられる。

しかし、来《きた》る代理戦争に備えて力を欲した現王バルニールによって、その『魔宝石』の封印は解かれたのだ。


ここからはお嬢様やケリーのお茶会にて集めた情報。

来年度からアミューリア学園で、魔力適性の高い者を検査して選び、魔宝石から供給される魔力で魔法を使えるよう訓練する事になる、らしい。

どこまで本当か分からない噂だが、俺の『フィリシティ・カラー』の記憶と合わせると、半々といったところだ。

『魔宝石』から魔力を取り出せるのは『フィリシティ・カラー』のヒロイン『戦巫女《いくさみこ》』だけ。

それでなんか魔力適性が高いイケメンとイチャイチャする事になるわけだな。

って！　うちのお嬢様はその恋路を簡単に成就させない為の障害！

『悪役令嬢』としてヒロインに立ちはだかる、と！

なるほど！　乙女ゲーム難易度ヤベェな⁉

俺が遊んでたギャルゲーはひたすら女の子にちやほやされて、イチャイチャするだけだったぞ⁉

ライバルなんていなかった！　ライバルのいるゲームなんてポ◯モンくらい……。

そんな『悪役令嬢』のお嬢様が、ヒロインに立ちはだかるルートは二つか。

お嬢様の婚約者、エディン・ディリエアスのルート。

お嬢様の義弟《おとうと》、ケリー・リースのルート。

レオハール様ルートの悪役は、妹姫のマリアンヌ様。

ヴィンセントルートのライバル役は、確か義妹《いもうと》だったな。

俺、義妹がいるらしい。

お嬢様だけが『悪役』で更に『恋敵《ライバル》』を兼任しておられる。

働きすぎですお嬢様。


「…………うーん……」


エディンの奴はアミューリア学園で叩《たた》きのめし、お嬢様との婚約を破棄させて、ついでに根性も叩き直すとして……やはりケリールートが問題だよなぁ。

どうしてお嬢様がケリーとヒロインが恋に落ちると、ネチネチ虐《いじ》める、なんて状態になるんだ？

ああ、今からでも攻略サイト巡り直して調べたい。

そうだ！　ケリールートのイベントの内容を思い出せれば、何かヒントがあるかもしれない。

ケリールートに入らせない為にも、おさらいしておくべきだな！

ええと、確か……出会いイベントは全員同じで、その次に学園で再会するんだよな。

ヒロインはアミューリア学園に編入する事になり、そこで戦略や戦闘技術を叩き込まれる。

特に重要なのが魔力適性の高い人物を、在学中に説得して従者になってもらう事。

従者になればヒロインの使う魔宝石の魔力を借りて、魔法を使えるようになる。

だがそれは、代理戦争に国の代表として出陣する事を意味するわけだ。

で、魔力適性の高いケリーに従者になってもらうべくアプローチ（変な意味ではなく）を始めるヒロイン。

最初はのらりくらりと話をはぐらかすケリー。

だが、ある日ヒロインが故郷を思い出して城の片隅で泣いているのを偶然見付け、慰めてから従者になる事へ積極的になる。

自分を元の世界へ帰す為に、一緒に頑張ってくれるケリーに惹《ひ》かれていくヒロイン。

そしてついに始まる戦争。

二人は強い絆《きずな》で、魔宝石の本来の力を引き出し、戦争を勝利に導く。

大陸の覇者となった国王は、ヒロインに元の世界に帰る術がまだ開発されていないと明かす。

帰れない事を知ったヒロインは、ケリーの妻になって幸せに暮らしましたとさ。


「……いい話じゃないか。ん？」


ヒントは？

大まかなイベントは『出会いイベント』と『同級生イベント』と『故郷を想うイベント』←これが恋愛ルートへの入り口。そして『戦争前の告白イベント』、『戦争後のプロポーズイベント』……だよな？

「おかしい！　そもそもシスコンのケリーがお嬢様の自殺を良しとするわけがない。それに、お嬢様が虐めなんてするわけがないだろ！　ましてケリーが選んだ女の子なら……。誰かに陥れられるとかじゃないのか？　うう、でも誰に……」

だめだ、手掛かりがなさすぎる。

やはり確実な方法はヒロインをケリールートに入らせない事だな。

…………ん？　待てよ、ルート……。

そうだ！　ルートだ！

ヒロインはまだこの世界に召喚されてない。

なら、ゲームが始まったら、彼女には悪いがノーマルエンディングを目指して貰《もら》えばいいんじゃないか？

ノーマルエンディングなら俺がプレイした感じで、恋愛イベントをことごとくスルーすれば良いだけだ。

他の攻略対象のルートもエディンのせいでろくでもないが、そのエディンを何とか出来さえすれば、あとはヒロインをケリールートに入れず……俺が唯一プレイして知っている『ノーマルエンディング』……いわゆる『誰とも結ばれずに迎えるエンディング』に誘導すれば、お嬢様は死ななくて済む、よな!?。

確か『フィリシティ・カラー』のノーマルエンディングは、元の世界に帰る術がなく、仕方なく『ウェンディール王国』で貴族になり、孤独な余生を送った……的なエピローグだったはず。

戦争を勝利に導いたのにヒデェ終わり方だな。

それこそ結婚の申し込みなんてひっきりなしっぽいのに何で孤独だったんだろう？

まあいいや、俺にとっては見知らぬヒロインよりお嬢様！

お嬢様をお救いするにはこの二点！
・エディンをシメて、お嬢様との婚約を解消させる。
・ヒロインをエディンやケリーのルートに入れないように妨害しつつ、ノーマルエンディングへ誘導する！
おお、これいい感じなんじゃないか？　こんな感じで計画を練ろう！

すまん、ヒロイン。ノーマルエンディングで一人逞《たくま》しく生きてくれ……！


「ヴィンセント、遅くにすまないね。まだ起きているかい？」

コンコン、とドアをノックする音。

声は義父のローエンスさんだ。

……なんかスッゲー現実に引き戻された気分……。

けど、こんな時間にどうしたんだろう？

「はい、何か問題ですか？」

「ああ、マーシャがね……」

「また何かドジったんですか？」

前の貴族の屋敷ではあのドジが祟《たた》ってクビになったマーシャ。

三ヶ月ほどこのお屋敷で働いて、掃除や洗濯、皿洗いや食事の給仕よりも、薬草園で薬草の生育をさせた方が向いているという事が分かった。

確かにドジはドジだが、マーシャの薬草や植物に関する知識はお嬢様でも敵《かな》わない。

田舎育ち故だと本人は言っていたが、正直あれほどの知識量……俺と同じ平民の『記憶持ち』なのではないかと疑ってしまう。

ただ、ドジはドジなんだよなぁ……。

「お祖母様の具合が悪化したそうなんだ。それで、ウエスト地方に一時帰省したいって」

「病院から連絡が？」

「うん。けれど、やはりマーシャの給料では外科手術は無理だろうからね」

「…………」

リース家に雇われてから、ようやく体調の悪かった祖母を病院に入れられた、と喜んでいたマーシャ。

だが病院に入れて検査したところ、彼女の祖母の病は外科手術を行わなければ根治しないという事が分かった。

メイドはそれなりに高給取りだが、現時点で見習い扱いのマーシャには、とてもじゃないが外科手術代など出せるわけもない。

旦那《だんな》様に頼めばおそらく出資して下さるだろうが……あいつ先月、この家で一番高い食器五枚も割りやがったんだよな。

「そこで考えたんだけどね、マーシャをボクの養子にしようと思うんだ」

「マーシャを養子に、ですか？」

「そうすれば義父のボクがマーシャの祖母の手術代を出しても問題ないでしょう？　どうかな？

マーシャを養子にしても良い？」

「良いいんじゃないいんですか。ローエンスさんらしくて」

「本当に？　マーシャがヴィンセントの義妹になるって事だよ？」

マーシャが俺の、妹……。

「…………」


妹……か。


「別に。反対する理由はないですから。あとはマーシャ本人の意思では？」

「そう、ありがとう」

「いえ、おやすみなさい」

「ああ、遅くにすまなかったね。おやすみ、良い夢を」


扉を閉める。

遠のくローエンスさんの足音を聞きながら、俺はなぜか扉の前から動けない。

足がその場に凍り付いたようだった。

いもうと。
攻略対象『ヴィンセント』に『ライバル役の義妹』が出来たって事だ。
俺はその『義妹』の名前を覚えていなかった。
だが着実に、進んでいる。
俺の『現実』が、お嬢様の破滅エンドしかないゲームの舞台へと。
俺はあの人に、幸せになってほしいんだ！
ゲーム通りの結末なんて許さねぇ。
お嬢様は俺が救済してみせる！

「お嬢様、俺が必ずお救い致します……！」

貴女は、俺がずっと憧《あこが》れ続けたたった一人の女性《ひと》なんだから。

『お嬢様と社交界デビュー』

本日はお嬢様十五歳のお誕生日パーティーであり、お嬢様の社交界デビューの日である。

だと言うのに……リース伯爵家の空気はめちゃくちゃ悪い。

「仕方がない。ケリー、ローナのエスコートを頼むよ」

「お任せください、義父様《とうさま》！」

めっちゃ食い気味で嬉《うれ》しそうに了承するケリー。

この家が暗かった理由はそれだ。

お嬢様のエスコート。

本来なら社交界デビューの場である本日の誕生日パーティーは、婚約者であるエディンがお嬢様のエスコートをするべき。

それを、それをあの女好きクズ野郎は！　先約があるからと断りおったのだ！

はあ⁉　先約⁉　先約！　お嬢様の！　婚約者の誕生日は毎年同じ日に来るのに先約があるって！　一体どういう事なんでしょうかねぇぇぇぇぇ‼

「なんなんですか、なんなんですか、エディン様！　そういえばわたしがこのお屋敷に来てから、一回もお嬢様に会いに来てねぇです！」

「安心しろ、婚約が決まってから今日まで一度も顔を見せに来た事がない」

「マジ、クズ野郎じゃないけ！」

憤慨するマーシャと俺も同じ気持ちだ。

お嬢様や旦那様や奥様、ケリーの誕生日に祝いの言葉だけ形式的に手紙で寄越して、あとは一切スルー！

プレゼントは？　普通婚約者の誕生日には顔を見せに来て、直接プレゼントを贈るもんだろうが！

ついに社交界デビューのこんなおめでたい日までバックレるとぁ、どこまでもクズ野郎だな！

「エディンくん、ローナとの婚約には乗り気ではなかったが、よもやここまで避けるとはなぁ。困った困った……」

「義姉《ねえ》様！　もういっそ婚約解消してしまってはいかがですか⁉　こんなに義姉様を蔑《ないがし》ろにする男に嫁ぐ必要はありませんよ！」

よく言ったケリー！　そうだ、そうだ！　そうしよう！

お嬢様の未来の為にも是非そうしよう！

「わたくしの一存では決めかねるわね。お申し出はエディン様のお父様、ディリエアス公爵様ですもの」

「グッ！」

「それにアミューリア学園に入学したら、嫌でも顔を合わせる事になるわ」

「ぬぐぐ……」

来春だな、アミューリア学園への入学は。

ふっ、ふふふふふふふふ、待ち遠しいぜ！　入学が！

テメェがお茶会で女をタラし込んできた事は、使用人ネットワークで知っている！

入学して最初の実力テストで執事見習いのこの俺が！　徹底的に叩《たた》きのめしてくれる！

お嬢様を蔑ろにし続け、社交界デビューの日にエスコートをしなかった罪は！　シェリンディーナ海溝よりも深く！　ヨハミエレ国境山脈にあると言われる天神族の大門の総重量よりも重い！

「ヴィニー！　分かっているな？　アミューリア学園に入学したら、ソッコーでエディンの野郎に義姉様との婚約解消を……あ、いや、その前にコテンパンにしてやれ！」

「はははははは！　言われるまでもありませんね、ケリー様！」

「やめなさい、貴方達……」

＊＊＊

リース伯爵家のダンスホールへ、次々と招待客が入場してくる。

俺は執事見習いなので、使用人の一人として食事の用意、酒や果汁ジュースの配布、案内、来客のチェック……ああ！　目が回りそうだぜ！

「ねぇごめん、招待状がないのだけれど」

「はい、いらっしゃいま……」

ん？　招待状がない？　ないのにお嬢様の誕生日を祝いに来てくれたのか？

というか、金の髪に青い瞳《ひとみ》……ああ！

「レオハール様！　今年も来てくださったのですね」

「もちろんだよ〜」

入り口付近で声をかけてきたのは金髪碧眼《へきがん》のイケメン、ただし中身はちゃらんぽらんのレオハール様！

なんとレオハール様は、毎年欠かさずお嬢様の誕生会にはお祝いにいらっしゃる。

他のご予定と重なっても、お嬢様の誕生会を優先して来てくださるから、今ではレオハール様に良い印象しかない。

年に一度しか会わないのに俺の名前まで覚えてくれたしな！

正直ゲームの印象だと、もっとちゃらんぽらんだった。

「あれ？　レオハール様には招待状をお出ししたはずですが？」

「えへへ、忘れて来ちゃった」

やっぱりちゃらんぽらんだった。

「それと、彼はそもそも招待されてないはずだし」

「そちらは？」

鳶色《とびいろ》の髪と切れ長の瞳の体格の良い少年を引き連れていらっしゃる。

しかし護衛にしては若すぎるな？

「ノース地方のベックフォード公爵家子息のライナスだよ。来春アミューリア学園に入学するから、セントラルに来ていたんだって。せっかくだから連れて来ちゃった」

ライナス・ベックフォード。この整った厳《いか》つい容姿、何か見覚えがある。

ああ、攻略対象の一人だ！　お嬢様にはなんの関わりもないから忘れてた！

『フィリシティ・カラー』にはメイン攻略対象の四人以外にも、一周目クリア後、二周目クリア後に攻略対象キャラが増えていく。

ライナス・ベックフォードはその追加攻略キャラの一人だ。

確か、ライナス以外にも追加攻略対象になるキャラが複数いる。

アップデートで更に隠れ攻略対象キャラもいたはずだ。


「ヴィンセント？」

「は！　も、申し訳ございません！　ええと、ではレオハール様のお連れ様としてご入場ください。お嬢様はまだ挨拶回《あいさつまわ》りをしておられると思いますので、先にお飲物をお持ち致します。ご希望はございますか？」

「蜂蜜《はちみつ》茶がいいな。リース家の蜂蜜茶大好きなんだ、僕。ライナスも一度飲んでごらんよ。とても美味しいんだよ」

「は！　では、俺も蜂蜜茶というやつで！」

「かしこまりました」

レオハール様がご所望とあれば、蜂蜜茶は最優先に運ぼう。

「あひゃひゃあひゃ！」

「マーシャ、変な声出てるぞ」

「でもだって義兄《にい》さん、目が回りそうだべ～」

「しっかりしろ。あとまた訛《なま》ってるぞ」

「んぐっ」

マーシャが自分の口を自分の手で押さえるもんだから、両手に持っていた小皿が落下する。

もちろん、俺が全てキャッチしたが。

「ご、ごめんなさい義兄さんっ」

「気にするな。レオハール王子様に見られて恥ずかしい思いをするのはお前だ」

「ええ！　王子様!?」

どこどこ、と柱の陰から客を見回す義妹《いもうと》のミーハーさに、前世の妹を思い出す。

まあ、年頃の娘にとって、王子様はやはり憧れなんだろう。

「あれだよ、あそこにいる金髪で白地に青の刺繡《ししゅう》が施された礼服の御方だ」

「うわぁ……」

瞳をキラキラさせるマーシャ。

だがいつまでも仕事をサボってはいられない。

声をかけようとした瞬間、マーシャが突然の真顔を俺に向ける。

な、なんだ、どうした。

「素敵な方だけど、義兄さんの方が素敵だべさ」

「ふん、当たり前だ」

前世の妹には言われた事ないぞ、そんな事。

純粋に嬉しかったのでありがたく貰《もら》っておくわ、その褒め言葉。

そういえば、レオハール様とマーシャは髪も目も同じ色だな？

なんか俺よりも殿下の方がマーシャと兄妹《きょうだい》っぽ……い。

んん？　レオハール様とマーシャ、心なしか目鼻立ちも似ているような気がする。

金髪碧眼は珍しいからな……。あれ？

レオハールルートで大暴れする悪役姫、マリアンヌには替え玉疑惑があったよな？

両親や異母兄レオハールとあまりにも似ていないマリアンヌは、城の中で偽者なのではないかという噂が絶えなかった。

マリアンヌの断罪イベントの時に、ヒロインが助けた老婆が赤ん坊の頃に姫と自分の孫娘を入れ替えた事を暴露して、国王に城から追放される……的な……。

本物のマリアンヌ姫って、そういえば見付かるんだっけ？　忘れたな。

「義兄さん、どうかしたのけ？」

「どうもしない。仕事に戻るぞ」

「うん！」

いや、まさかな。

さすがにそれがマーシャな訳ないか。大体、腹違いの兄妹がそんなに似てるわけないだろ。

「殿下、ライナス様、蜂蜜茶をお持ち致しました。こちら付け合わせの薔薇《ばら》のレモン漬けでございます」

「わあ、ありがとう」

「…………」

非常に物珍しげに、蜂蜜茶を受け取るライナス様。

レオハール様はなんの遠慮もなく飲み干す。

え、まさかの一気飲み……。

「おかわりお願い」

「そんなに喉《のど》渇いてたんですか？」

「なかなかローナにたどり着けなくてねぇ」

「ああ……」

王子殿下にご挨拶《あいさつ》、少しでもお近付きに、と思う貴族は少なくない。

本日の招待客も、主役のお嬢様そっちのけでレオハール様に取り入ろうと人垣を作っている。

俺は器用にその垣根をすり抜けて飲み物を届けたけど、こちらをチラチラ見ながら近付いて来る輩《やから》があちらこちらに……。

「ねえ、ヴィンセント、マリアンヌにバレる前に帰りたいんだ。何とか出来ないかな」

「ご案内致します」

「ありがとう、助かるよ」

あー、ゲーム内でもマリアンヌ姫に冒頭から振り回されていたもんな〜、レオハール様。

レオハールルートの悪役姫、マリアンヌは束縛系癇癪《かんしゃく》持ちで、レオハール様に婚約者を作るのに断固反対しているヤバいレベルのブラコンだ。

そのせいでレオハール様は、未《いま》だに婚約者が決まっていない。

舞踏会でダンスを踊るのも禁止されてるらしく、『レオハール様がダンスを踊ってくれない』という話は、お嬢様やケリーの参加するお茶会で令嬢たちから必ず話題に上る鉄板ネタ！

今の『相談』も姫に居場所がバレれば即、『ハウス！』って事だろう。

ううう！　考えただけで悪寒が！

ただでさえ妹にそんな事されるとゾッとするのに、やってる事が彼女気取りなのも……ひいいぃいぃ！

……心中、お察しします……。

「お嬢様、レオハール様とライナス・ベックフォード様をお連れ致しました」

「やあ、ローナ。誕生日おめでとう」

「初めまして、ライナス・ベックフォードです。本日はお誕生日おめでとうございます」

「ありがとうございます。ローナ・リースです」

ゲームではお嬢様とライナス様に接点はなく、会話シーンもなかった……はず。

アミューリア学園ではお嬢様とライナス様は同じ学年のはずだし、さすがに顔見知りではあっただろうが……。

「はい、これ今年のプレゼント。おや？　そのペンダント、よく似合っているね」

「ありがとうございます」

毎年手渡しでプレゼントを下さるレオハール様。

それはそのままお嬢様から俺へと、流れるように渡される。

まあ、パーティー中に手荷物など持っていられないからな。

レオハール様も直《じか》に手渡しでなく使用人経由で渡してくれればいいのに。

こういうところが律儀というか、変わっているというか。

あ、プレゼント置きに行くついでにレオハール様にお茶のお代わり持ってこよう。

「ローナは会う度に美人になるね。エディンにはもったいない。で、そのエディンは今日も来ないのかい？」

「そのように伺っておりますわ」

「殿下、エディン様とは確かセントラルの……」

「うん、彼女の婚約者なのだけれど……来てないね」

「婚約者の誕生日に顔を見せないのですか⁉　非常識な！」

思わず振り返ってしまった。

周囲の人々も突然の大声に視線を集中させる。

「ラ、ライナス様、お気遣いありがとうございます。ですがわたくしは大丈夫ですわ」

「ライナス、声大きい。僕鼓膜破れちゃうかと思った〜」

「申し訳ございませんっ」

お堅い、良い男だな、ライナス・ベックフォード。

お嬢様の婚約者がお前なら、俺も日々憎しみをたぎらせる必要もないんだけどなっ。

「ライナスはエディンと相性悪そうだよねぇ。あははは」

「「…………」」

それには俺も激しく同意する。

「ヴィンセント、レオハール様はどちらだい？」

「おわ、ローエンスさん。どうしたんですか？　あ、レオハール様ならあちらに……」

蜂蜜茶のお代わりをお持ちすると、珍しく慌てたローエンスさんに遭遇した。

マーシャがまたドジった、とかではなさそうだな？

「殿下、申し訳ございません………」

「………分かった、ありがとう。あー、ごめんね、ローナ。急用が出来てしまった。もう帰らないと」

「そうですか。お気を付けてお帰り下さいませ」

「せっかくの君の社交界デビューだから、ダンスくらい踊りたかったな。ざーんねん。バイバーイ。あ、ライナスはゆっくりしておいきよ」

「俺にお手伝い出来る事なら——」

「いや、城からの呼び出しだから。心遣いは感謝するよ」

軽い口調と笑顔でやんわりライナス様を制して、レオハール様は退場していく。

ローエンスさんは何も言わなかったし、レオハール様にしか聞こえない声で耳打ちしていたが、この場の誰もが城からの呼び出しの意味を察していた。

きっとマリアンヌ姫だろう。

「レオハール様が学園に入学したら、マリアンヌ様はどうされるおつもりなのかしら」

「確かに……。しかし、あの姫君ならば学園からレオハール様を呼び出しかねないな」

「姫様はもう十三歳になられたのだろう？　さすがにそんな……。まあ、姫があんな様子では、レオハール様を次期王にと言う者達の気持ちも、分からんではないが……」

「シッ、滅多な事を言うものではないよ」

「あ、ああ、そうだったな」

ほーら、やっぱりみんな分かってる。

ひそひそ「それにあの姫君は偽者の噂もある……」とも。

やっぱり貴族の中にも、マリアンヌ姫の噂は広まっているんだな。

「こほん！　義姉《ねえ》様、せっかくですから私と踊ってくださいませんか？」

「ええ、もちろん」

レオハール様の退場で微妙になった場の空気をケリーが変える。

噂を口にしていた者たちも場所を空け、お嬢様とケリーのダンスを促した。

ホントなら婚約者が最初に踊るべきだろうが、あの野郎はそもそも来場してねーからな！

はあ……それにしても、うちのお嬢様今日はすごいな。いや、いつもお綺麗《きれい》だよ？

農作業で汗水流す姿だってとてもお美しいけど、やっぱ違うよ。

靡《なび》く金の髪はシャンデリアに照らされて、一本一本が透けるように輝いている。

畑仕事や乗馬、庭弄《いじ》りで陽光を浴びているにもかかわらず、真っ白に保たれた肌。

化粧を施していつも以上に整えられた美しいお顔。

胸元を飾るアメジストで作られた薔薇のペンダントが、より一層お嬢様を引き立てている。

表情筋は今晩も一切働くつもりがないようだが、今日の為にオーダーメイドで作られた紫紺のドレスがターンの度に翻り、可憐《かれん》だ。
ああ、なんて美しいんだろう、俺のお嬢様……。
だが、忘れてはいけないんだよな。もうすぐ、アミューリア学園に通う事になる。
ヒロインの召喚は戦争開始の一年前。お嬢様たちが三年生に上がる頃のはず。
ゲーム開始まであと、三年。
お嬢様の運命は、俺が必ず変えてみせますからね！

『お嬢様の成長』

「……可愛い」

という呟《つぶや》きに振り返る。

本日は昨日のお誕生日で頂いたプレゼントの確認作業だ。

貴族って早い方で一ヶ月前からお誕生日にプレゼントをくださる。

うちのお嬢様は残念ながら、それほどご友人がいらっしゃるわけではないので、いただくプレゼントのほとんどはリース家に所縁のある家か、リース家の権威にあやかろうとしている家の方々からの物。

そういうのは大体、お嬢様より旦那《だんな》様や奥様向けの品なので、このように仕分けが必要なのだ。

うちのお嬢様は、本来使用人がやるその仕分けに、自ら参加され『自分用』と『旦那様・奥様向け』の仕分けをなさる。

大変助かる事ではあるのだが、ご令嬢としてなんか違うような？

とにかく、その終わらない仕分け作業中のお嬢様の呟きが冒頭である。

振り返った俺が見たのは、アメジストの薔薇のネックレスを眺めるお嬢様。

おお、本当だ。可愛い。

お嬢様は薔薇を好まれる。薔薇デザインの装飾品は多いので、これはお嬢様の好みを把握してらっしゃる方からのプレゼントだな。

「昨年頂いたバレッタとお揃《そろ》いでしょうか？　使われている石やデザインが似ておりますね？」

「そうね。きっと同じ方からだわ。ヴィニー、貴方この包装、どなたからの頂き物か覚えている？」

「えーと……」

お嬢様に手渡されたのは長方形の箱にモスグリーンの包装用紙、赤銅色のリボン。

ネックレスにはありがちな箱と、そこはかとなーく地味な色の包装紙とリボン。う、うーん？

「記憶にございませんね」

「そうよね。困ったわ。昨年もどなたか分からなくて、お返事もお礼もしていないのに……」

「というか、この方毎年じゃありません？　その前の年も最高級の絹のリボンと金の腕輪を、メッセージカードもお名前もなくくださった方がいましたよね？」

「いたわね。確かに手口が同じだわ」

「お嬢様のお誕生日に名も名乗らずプレゼントだけ置いて行く人物……。なにやら事件の香りが致しますね」

「そうね。やりそうな人物に心当たりはあるけれど」

「……大旦那《おおだんな》様ですね」

「ええ、お祖父様よ」

リース前伯爵。

お嬢様のお父上、ミケイル様の実父で、お嬢様からするとお祖父様。

現在はこの屋敷から東のお屋敷に移られ、そこでお嬢様のお祖母様と共にのんびり農業をしながら隠居生活を送っておられる。

俺も年に数回お会いするのだが、ジジイの典型例に漏れず孫にメロメロのジジバカだ。

しかもあの息子（旦那様）にしてあの父親（大旦那様）あり。

「俺、未だにお嬢様があのお二人と血縁な事が信じられません」

「そうかしら？　わたくしはお祖母様似と言われているのよ？　まあ、お祖母様ほどの愛想の良さは受け継げなかったけれど」

「あー……」

お嬢様のお祖母様！　なるほど！

確かにあの方は金髪碧眼《へきがん》で、大変に気品がある。

でも大旦那様のおふざけに同じく真顔で乗っかる、やはり油断ならないご婦人だ。

似ていると言えば、確かにお嬢様は旦那様や奥様より大奥様似かも。

「仕方ないわね。お祖父様からは別にプレゼントを頂いているのだけれど」

「よろしいんじゃありませんか？　どうせ名前やメッセージを入れない贈り物で、お嬢様が悩む姿を想像して内心にまにましているに違いありません」

「否定出来ないのが残念ね。でも、こんなに可愛いものをお祖父様が選べただなんて……少し見直し………、……いえ、見損なったわ」

「う、うーん……」

大旦那様が若い女の子の好きなデザインを知っているという、その事実。

確かにお嬢様が見損なうのも多少……、い、いやいや、誤解かもしれないし？

誤解かもっていうか、別に俺が大旦那様を庇《かば》う義理もねぇな。

よし、話を変えよう。同じ男として、大旦那様へのせめてもの情けだ。

「あ、そうだ。お嬢様、アミューリア学園の制服が届いていましたよ」

「制服……。そう、では試着してみなければね」

「そうですね！」

貴族の学校の制服なのだから当然、お嬢様の制服はオーダーメイド。

そしてついでに俺もオーダーメイドで仕立ててもらった。

特に男子は成長期でサイズが変わる。なのにオーダーメイドって。

お金かかるだろうに。ローエンスさん謎の張り切り。

「貴方のも届いているのでしょう？　試着はしたの？」

「俺もまだです」

「あら、では一緒にみんなへお披露目しましょう。ローエンスも楽しみにしているはずだもの」

「えー、なんか嫌なんですけど。そんな歳でもないし」

「何を言っているの。貴方自分の実年齢が分からないと言っていたではないの」

「そうでした」

少なくとも前世では確実に二十五年生きていたから、つい。

今世では実年齢が分からないのだが、精神年齢はおっさん間違いなし。

とはいえ、平民であっても『記憶継承』が現れたら、十五歳でアミューリアに入学しなければならない。

俺の場合はゲームの影響もあるのかもしれないが、お嬢様と一緒に入学する。

また学生かぁ。

と、少し憂鬱《ゆううつ》な気分になるが、お嬢様と馬車で片道二時間の距離よりは、まだ男子寮、女子寮の距離の方が万が一の時、すぐに駆け付けられる。

それにもしお嬢様と同じクラスならば、登校時にお迎えに行き、同じ空間で勉学に勤《いそ》しみ、下校のお見送りも……ふ、ふむ、悪くない。

お嬢様の制服を用意してメイドに手渡し、俺も届いた制服を持って自室で着てみる。

あ、普通に恥ずかしい。

この歳で制服姿を晒《さら》さねばならないという恥辱がパネェ。

ヴィンセントの実年齢は分からないが、中身が享年二十五歳のサラリーマンの俺は恥ずかしさがパネェ。

しかも今世の年齢をプラスすれば精神年齢は四十近いわけだよ？

想像して下さい、おっさんのブレザー制服姿！

痛い痛い痛い！　始まったばかりで嬉《うれ》しさのあまりはしゃぎながら頼んだ冷やし中華の汁が目に入った挙句麺《めん》まで鼻に入ってしまった時や、ガキの頃、調子こいてガードレールを乗り越えようとしたらうっかりカーブ部分に股間《こかん》がクリティカルヒットした挙句、ガードレールの汚れがしっかり残ってしまい母さんに優しく『着替えといで』と言われた時のような痛さ～!!

これで旦那様や奥様やケリーやローエンスさんやマーシャの前に出ろと？

穴だ！　誰か穴を掘れ！　転げ回って顔面を地面に五十回打ち付けても痛みを感じないレベルで恥ずかしい‼

うおおおお！　お許しくださいお嬢様～！

いくらお嬢様の提案でも、コレは俺の心へのダメージが大き過ぎます～～～！

「義兄《にい》さーん！　お嬢様がお呼びだべさ～。広間さ来いって～」

逃げ場ナッシング！

しかも呼びに来たのはよりにもよってマーシャかよ！

今最も会いたくない一人！

ぐ、ぐぬぬぬぬぬ……しかしお嬢様のご命令……お嬢様の……お嬢様…………。

「…………お嬢様は着替えられたのか？」

「へ？　あ、うん！　すんげー制服姿も可愛かったさ！」


見たい。

すごく見たい。


お嬢様の制服姿だなんて本来お金を支払って見せて頂くぐらいの代物。

しかし、見に行くには自分の制服姿を晒す覚悟が必要。

なんという事だ。

こんな事があっていいのか？

俺のような中身おじさんが、可憐なお嬢様の横で年甲斐《としがい》もなく制服姿を晒すという、一種のテロ行為。

しかし、学園に入学したら毎日このみっともない姿をお嬢様に見られる事になると思えば、今のうちから見て慣れていただいた方が……。

「…………」


扉を開ける。

ネクタイをきちんと締めて、色々大切なものを忘却の川に放り投げた気がするが忘却の川なので忘れた！　忘れた！　大事な事なので二回言いましたよ！

「おお～！　えー、義兄さんかっこいいよ！　制服似合ってるー！」

「そりゃどーも」

「……なんか義兄さん、テンション低くねぇけ？」

「高いわけないだろう。俺が通うのは貴族の学校なんだぞ。浮かれる要素がどこにある？」

「え、えー。ご飯とか美味しそうじゃん」

「自分で作るに決まってるだろ」

飯か。飯といえば学園は食堂完備らしいが、お嬢様はお食事をどうなさるんだろう？

厨房《ちゅうぼう》を借りられるなら、俺がお嬢様に毎食作って差し上げたい。

よし、制服と一緒に学園の紹介冊子が入っていたはずだから、調べておこう。

「義兄さん、考える事が根暗過ぎねーぇ？」

「普通だよ。……さて」

広間前の扉。

歓談の声が漏れ聞こえる。

覚悟を決めろ、ヴィンセント・セレナード。

これは全て、お嬢様に俺の制服姿に慣れて頂く為だ。


「失礼致します」


深呼吸ののち、ノックをしてから扉を開ける。

ソファーには旦那様と奥様、あとケリー。

壁にはローエンスとメイド長。

そして窓の側には——制服姿のお嬢様。


「…………」


振り返ったお嬢様のお姿に、あ、れ？

じわりと目頭が熱くなっていく。


相変わらず表情筋は仕事をボイコットしているが、普段の作業着姿とも、パーティーやお茶会の時のドレス姿とも違う。

なんというか、とても大人びて見える制服姿。

その姿を見ていたら、ああ、お嬢様……なんてご立派になられたんだろう、という感動が押し寄せて来た。

元々お持ちの凛《りん》とした美しさに、堅実さが加わったような雰囲気。

清楚《せいそ》で可憐《かれん》だった少女が、いつの間にこれほど素敵なレディになられていたのだろう。

ずっとお側《そば》にいたはずなのに……俺はちゃんとお嬢様を見ていなかったのか？

「に、義兄さん⁉」

「ヴィニー⁉　なんで泣いてるんだ⁉」

スッ、とローエンスさんがハンカチを差し出してくる。

俺はそれを受け取って、思い切り鼻をかむ。

自分のポケットから新しいハンカチを取り出し、涙を拭《ぬぐ》う。

「うっうっ！　お嬢様……なんてご立派になられたのでしょうか……！　完璧《かんぺき》な淑女の風格でございます！　お嬢様ぁぁ！」

「あ、ありがとう。貴方もよく似合っているわよ」

「うっ！」

「義父様《とうさま》⁉」

ケリーが旦那《だんな》様を見ておののく。

旦那様が急にぐにゃりと表情を歪《ゆが》ませた。

すかさずローエンスさんが別のハンカチを旦那様に手渡すと、旦那様はそのハンカチに勢いよく鼻水を噴射して丸めて捨てる。

「ほ、ほんとうに、そのとおりだね！　ローナ、りっぱに、なって……！　いつの間に、こんなに、ぐずっ、大きくなって……しまったんだろうねぇ!?」

「あ、あなた、ローナはまだ制服を着ただけですわよ？」

「だって……っ、この間までこんなっ、赤ん坊だったのにぃ！」

「お父様……」

はらはらと泣く俺と旦那様。

旦那様が泣きながら「回って見せておくれ」と懇願すると、ドン引きした表情のお嬢様が渋々回転してくださる。

髪には昨年頂いた紫色の薔薇《ばら》のバレッタ。

そういえば、さっき今年の誕生日プレゼントで頂いたネックレスも、紫色の薔薇があしらわれていたなぁ。

アメジストの石で形作られた薔薇の花。

お嬢様が一番好きな花。

いや、このプレゼントを選んでくださった方はマジに賞賛に値する。すんごくお似合いだもん。

さすが大旦那様《おおだんなさま》。大旦那様もこのお嬢様のお姿を見たらきっと……。

「うっ！」

「義兄さん!?　なんでまた泣き出すんさ!?」

「大旦那様が今のお嬢様を見たら……さぞや……！」

「うっ！」

「ま、まあ、あなた！」

「と、義父様！　ちょ、ちょっと誰か、ローエンス！　ハンカチ……いや！　タオル！」


俺と旦那様は泣きすぎで目が赤く腫《は》れ上《あ》がり、このあと鼻水を出しすぎて鼻血が出るのだが……この時はそんな事を知る由もなかった。

『お嬢様とアミューリア学園』

それから約五ヶ月後。

お嬢様と俺は遂に、アミューリア学園入学の日を迎えた。

それは寮生活が始まり、俺がお嬢様にお仕えする時間が減るという事を意味していた！

くっ！　つ、辛《つら》い！　しかし、これもお嬢様に、より高い水準でお仕えする為だ！　エディンの天狗《てんぐ》化している鼻をへし折り、婚約を解消させる為だ！　そう！　全てはお嬢様を破滅エンドからお救いする為に！　この試練、必ず乗り越えてみせる！

あ、そうだ。あと、ネタバレサイトの情報だけじゃ心許《こころもと》なかった、他の攻略対象たちの情報を集めるいい機会だ。

メイン攻略対象はレオハール様とエディン、ケリーとヴィンセント（俺）。

他の攻略対象――つまり、一周目や二周目クリア後、攻略キャラに追加されていく奴ら。

そいつらは、隠れキャラ含め六人。

宰相の息子、スティーブンと、隠れキャラの教師以外は東西南北の公爵家子息たち。

お嬢様のエンディングに関係ない奴らだと思ってスルーしてきたが、レオハール様がお嬢様の婚約に噛《か》んだり、お嬢様のお誕生日会にライナス・ベックフォードが現れた事を考えると――キャラ同士の関係性って、もしかしなくても俺のゲームでの知識より濃厚で複雑なんじゃないか？

確かヒロインにとってレオハール、エディン、ライナス、スティーブンは先輩。

他の公爵家子息たちとケリーは、ヒロインの同級生や後輩として登場する。

現時点で攻略対象全員は揃《そろ》ってないから、手始めに俺と同級生になる連中の事を調べておくか？

知識は武器になる。

一回しかプレイしていない俺にとっては、些細《ささい》な事でヒロインに出し抜かれてしまうかもしれないもんな！


「義姉《ねえ》様の事は頼んだぜ、ヴィニー。俺は来年入学だからな。それまでに、奴を……！」

「お任せくださいケリー様。必ず奴の伸び上がった鼻を叩《たた》き折り、息の根を止めて参ります」

「やめなさい」

息の根を止めるのは冗談だけどな、半分。

だが、これはお嬢様の為でもあるんですよ。

お嬢様を破滅エンドから救う為の、救済活動の一環です。

「全く。マーシャ、荷物はちゃんとまとめてあるの？」

「はい！　お嬢様！　完璧ですだ！」

「は？　なぜマーシャ？」

アミューリア学園のあるセントラルの首都にして『王都ウェンデル』へ向かう直前、留守番のはずのマーシャへお嬢様が問い掛ける。

訝《いぶか》しげに見る俺へ、マーシャは胸を張ってドヤ顔で言い放つ。

「わたしがお嬢様のお世話係で、アミューリア学園について行く事さなったよ！」

「はあ？　お前がぁ？　お嬢様、今からでも考え直して下さい！　草花の事ならともかく、お嬢様のお世話をするのはマーシャでは無理です！」

「そ、そんな事ないよー！　わたしだって成長してんだからー」

「平気よ。自分の事なら自分でやるもの」

「お世話係の意味ご存知ですか」

「んがちょっ⁉」

それではマーシャを連れて行く意味は？

というか、マーシャにお世話させるつもりなら俺にさせて下さいよ！

「そう言わないで。お母様に言われたのよ」

「そう！　アミューリア学園は貴族の社交場の一つに過ぎない！　確かに様々な事を学ぶ場ではあるけれどね！　わたくしの頃は侯爵家のご令嬢が五十人も使用人やメイドを連れて来て、自慢していたわ。一人もメイドを連れて行かないのは舐《な》められるのよ！」

「そ、そうなんですね……」

うわ、びっくりした！

お、奥様……見送りかな？　珍しくハイテンション。

「お母様、行って参ります」

「ええ、気を付けて行ってらっしゃい。ヴィニー、ローナを頼んだわよ」

「はい、もちろんです！　しかし……」

お嬢様はマーシャだけでも連れて行かないと、周りから舐められてしまうのか。

それだとしても……。

「それなら何もマーシャでなくともよろしいのでは？　副メイド長とか……」

「わたくしがマーシャを勧めたのよ。マーシャの容姿は目立つでしょう？　ローナと一緒にいればそれはもう輝かしいほどに！」

「「「…………」」」

ま、まあ、それは否定しない。

お嬢様は元より、マーシャも男なら目を留めてしまうレベルの美少女だ。

二人が並ぶと華々しい。

それは分かるけど、分かりましたけど！　でもやっぱ奥様のテンションが、おかしい！

か、過去に何かあったの……？

「フン！　十人も二十人も連れて歩いてるより、ローナとマーシャ二人だけの方がよほど上品で美しく優雅だわ！　おーっほっほっほっほっほ！」

「お母様……」

「あははは……」

娘と息子が呆《あき》れ顔《がお》になる程の高笑い。

……分かった、過去に何かあったんだな。怖いから聞かないけど。

「そうですね。まあ、面だけなら……」

「義兄《にい》さんひどい！」

「床用雑巾《ぞうきん》とテーブル用のナプキンを間違えて使ったり、窓をヤスリで洗って手は血まみれ、ガラスを傷まみれにして交換においやったり、集めた馬糞《ばふん》に滑って顔面から突っ込んで厩舎《きゅうしゃ》の掃除をやり直しにしたり、食器用洗剤で自分の下着を洗ったのはどこのどいつだ？　ああそれに、昨日どういう転び方したのか知らないがスカートのお尻《しり》部分だけ破れてパンツ丸出しになっていたな？　はしたない事に‼」

「⁉」

これはほんの一例だが。

今お尻を押さえても遅いわ、駄メイド！

「本当にマーシャでいいんですか？　義母《かあ》様、義姉様」

「まあ、最悪ヴィンセントがフォローしてちょうだい！」

「私は男子寮ですので、女子寮の方へフォローに駆け付けるのは少々難しいとは思いますが、出来る限りの事はしたいと思います」

「ううう……」

「心配しなくても女子寮では何もしなくて構わないわよ。わたくし、自分の事は自分で出来るもの」

「お嬢様、それはマーシャの存在理由をぺしゃんこにし過ぎです……」

＊＊＊

なんにしても、リース伯爵領から馬車で二時間ほど。

セントラルの首都にして、『王都ウェンデル』。

一応リース伯爵邸もセントラルにあるのだが、国の中心ともなるとやっぱり遠い。

町の中心には巨大な城。あれが王城『プリンシパル城』。

その城下『プリンシパル区』内に、アミューリア学園は存在する。

広大な土地に男女別、学年別の寮と使用人宿舎、校舎、専門的な施設が多数。戦闘訓練などが出来るような設備も整っている。

お嬢様の下へ駆け付けるのに困らないよう、施設内の地理は頭に入れてはきたものの、実際目の当たりにすると、迷わないか不安になるな。

「入学式は明後日ね。明日までに荷解きを済ませておきましょう」

「はいですだ！　お嬢様！」

「クッ、俺もお嬢様の荷解きをお手伝いしたい！」

「貴方は自分の荷解きを済ませなさい。というか、男子寮にはレオハール様もいらっしゃるはず。もしお会いしたら、ご挨拶《あいさつ》は済ませておくのよ」

「それはもちろんですが……」

そ、そうか。

寮って事は、王族のレオハール様や公爵家のエディンやライナス様なんかと一つ屋根の下なのか。

はっ！　って事はエディンの弱みを摑《つか》むチャンス……!?

「ああ、あとエディン様とか」

「そんな付け足すくらい忘れていたんですか」

「二回しかお会いした事がないのだもの」

お嬢様の破滅を司《つかさど》ると言っても過言ではないエディンの事を、お嬢様本人はここまで忘れているのか。

本当にエディンのルートで自殺する事になるのか？

い、いやいや、ゲームの舞台は二年後だ。その間に何かあるのかもしれない。

学園ラブロマンス的な何かが――………は？

はあああああ？　そんなの絶対許さんぞ、エディン・ディリエアス！

俺の目の黒いうちはお嬢様に指一本も触れさせませんッッッ‼

はっ倒すぞ⁉

――気を取り直して……。

男子寮は四階建ての建物で、とにかく広い。

これが男女別、学年毎に四棟もあるんだから、貴族ってすごいだろう？

風呂《ふろ》は各部屋。一階には食堂、共有スペース、談話室が数部屋、ダーツやビリヤード台の置かれた遊戯室もある。

旦那《だんな》様に相手を頼まれて、こういう遊戯の経験はあるけど俺は利用しないだろう。

王族、公爵家は四階。侯爵、伯爵家は三階。子爵、男爵は二階、と実に分かりやすく階分けされている。

俺は『その他』なので一階の部屋だ。稀《まれ》に平民にも『記憶持ち』が現れるから、その為の部屋があるんだそうだ。

男子寮の横には貴族たちが連れて来る使用人宿舎。

使用人宿舎は女子寮とも繋《つな》がっているから、お嬢様に何かあったら使用人宿舎を通らせてもらおう。

「えーと、俺の部屋は一階の南側、ね」

管理人室で手続きを行うと、部屋の鍵《かぎ》を渡された。

俺は『記憶持ち』の一市民。

別に使用人クラスでもよかったが、入試の成績が貴族レベルだったらしく、特例として貴族クラスへ入る事になった。

多分そこまで知っていたんだろう、俺みたいな平民の『記憶持ち』……それも貴族レベルは尚《なお》の事珍しいから、管理人さんには「がんばれよ」とかなり心の底から応援されてしまった。

旦那様や奥様、お嬢様、ケリーも……貴族らしからぬ方々だ。

そういう意味では俺は職場に恵まれているし、一般的な貴族という奴をよく分かっていないんだろう。

ま、どんな奴らだろうとここでは一生徒。

喧嘩《けんか》を売ってくるなら、エディンのように叩き潰《つぶ》してやるけどな（エディンは叩き潰す前提である）。

「やめてください……か、返して……」

ん？

か細い声が聞こえて、遊戯室のある方を振り返る。

すでに何人かの貴族は寮に入っているだろうから、人がいるのはいいとしても、今の声はまるで女の子じゃないか。

ここ男子寮だぜ？　迷子かな、まさかマーシャじゃないだろうな。

心配になって道を戻り、覗《のぞ》き込む。

紫がかった青髪の小柄な人物が、茶髪の男子に本を取り上げられている？

「ふん！　まーだこんな恋愛小説なんて読んでるのか？　相変わらず女みたいな奴だな、スティーブン」

「…………」

スティーブン！　もしかしてスティーブン・リセッタ？　へー、あの子がそうなのか。

髪も長いし、背も小さいし、確かに女子みたいな子だ。

攻略サイトでスティーブンルートはただの百合ルート、『ヒロイン×スティーブン』ならまだいい。『レオハール×スティーブン』、『エディン×スティーブン』、『ライナス×スティーブン』と、

ＢＬ好きにも大好評の、あのスティーブン・リセッタ！

「まあ、でも確かにこれを読めば、女を口説くのに使えそうではあるな。ちょっと借りるぞ」

「え！　ま、待ってくださいエディン！　私、まだ読んでないんです！」

「はあ？」

「っ……」


…………………今……。


「エディン？　……エディン・ディィリエアス？」

「？」

「ん？　なんだ？　お前……」

艶《つや》のある雀茶色の髪に深藍色《あいいろ》の瞳《ひとみ》。

十五のガキとは思えない、色気を振りまく整った顔。
フ、フフフフフフ……『フィリシティ・カラー』の記憶は薄れているが、〝同じメイン攻略対象〟の顔は意外と覚えてるもんでね……。

「ひっ！」

鞄《かばん》をエディンの顔面すれすれに叩《たた》き付け、奴が怯《ひる》んだ隙に鞄とは逆の顔すれすれ位置に拳《こぶし》を叩き付ける。

本当ならそのお綺麗《きれい》な顔のド真ん中に叩き込《こ》んでやりたいところだが、それでお嬢様にお仕え出来なくなるのは困るんでな！

「初めまして。ずっとお会いしたいと思っていたんですよ、エディン・ディリエアス様」

「…………………」

「わたくし、リース家にお仕えしております執事見習いのヴィンセント・セレナードと申します。ええ、エディン様の婚約者であらせられるローナ様にお仕えしております。貴方様がエディン様なんですね、いやぁ、本当にずっとその面拝みたいと思っておりました。出来る事なら形も分からなくなるまでボッコボッコにして差し上げたいところなのですが、お嬢様にご挨拶だけはしておけと言われておりますので本日は控えさせて頂きますね、あはははははははははははは」

ヒク付いた表情は相変わらず整ってはいるが、完全にビビっている。

まあ、いきなり鞄と拳を左右に叩き付けられたら普通にビビるよな。

てめーに関しては知ったこっちゃねーが！

俺は笑顔を崩さない事で精一杯だしな！

「それでは実力試験でしっかり叩きのめして差し上げますので首を洗ってお待ち下さい。私が勝ちました暁には、お嬢様との婚約は破棄して頂きますので悪しからず」

「……え……は……、は……？」

「ああ、スティーブン様はこちらへどうぞ」

お困りのようだし、同じ敵《エディン》に困らせられているのならお助けせねばな。

エディンの手から本を回収し、スティーブンを促してその場からスタスタと立ち去る。

俺はこのあとお嬢様の荷解き作業をお手伝いしに行く。

女子寮に入れてもらえるか分からないけど。


「あ、あの……」

「はい、こちらですよね」

遊戯室を離れ、少し進むと食堂がある。

まだ誰もいない、陽の差し込む暖かで豪華な作りの食堂。

そこでスティーブンに本を返す。

『恋に溺《おぼ》れる乙女は片手で竜を100匹殺す』……ああ、コレはマーシャが飛び跳ねながら語っていた執事とご令嬢の恋愛小説だな。

題名が不吉過ぎて内容聞いても全然信じられなかったけど。

俺とお嬢様がこうなったらステキ!!　とか騒いでたっけ。

お嬢様と俺が恋人ね……。

無　理　！　お　嬢　様　尊　い　！　！　！

いや、そもそも本当にこの題名で恋愛小説なのか？　片手で竜を殺すって書いてあるよ？

「あ、ありがとう……、……ヴィンセント……」

あれ、名前……。あ、エディンに名乗ったからか。

というか、真正面から見るとスティーブンは……か、かわいいな？

お嬢様やマーシャ級の可愛さだぞ、本当に男かコレ？

大きな青い瞳、淡いオレンジ色の唇。

顔を隠すような前髪のせいで分かりづらいが。

え？　まさか、侯爵家が跡取りに困って令嬢を男と偽って育てたとかそんなオチじゃねーよな？

声も女子のように可愛いし……。

「……っ」

はっ！

俺がジッと見過ぎたせいか、可愛い顔を本に埋めてしまったスティーブン。

ヤバ、さすがに不躾《ぶしつけ》すぎたな。

「申し訳ございません。前髪が長くて目に入ってしまうのではないかと気になってしまいまして。私でよろしければ、カット致しましょうか？」

「え……」

ご、誤魔化す為とはいえなんて余計なお世話を！

それに俺はこのあと予定がある！　自分の荷解きをして、そのあとお嬢様の荷解きを手伝いに行くという！　予定が!!

ああ！　スティーブン様断ってくれていいですー！

「……じゃあ……前髪だけ……」

「かしこまりました」

……俺のばっかやろ――――……。


と、心の中で後悔しつつ、三階のスティーブンの部屋へと案内される。

あれ、そういえば。

「スティーブン様の使用人はどちらでしょう？」

「ふ、二人しか連れてきていないんだ……。彼らには今、自分の部屋の荷解きに、い、行かせている……。父に、使用人を、あ、あまり部屋に長居させては、ならないと、言われていて……」

この可愛さでは無理もない。容姿はもとより仕草も可愛いもんな。

使用人が変な気を起こすかもしれない、と心配されているんだろう。

やっぱり女子なのか？　宰相様が跡取りを男として育てたとか？

いや～、仮にも乙女ゲームの攻略対象だろ？

でもスティーブンの攻略ページには『百合』とか『ヒロイン攻』とか『ＢＬ』とか物騒な文字が乱舞してたんだよなぁ。

なんだか思い出すと居《い》た堪《たま》れなくなるものばかりで、目を逸《そ》らしてしまう。

すると、ちょうど視線を向けた先には本棚が。

「本が多いのですね」

「あ！　み、見ないで」

「失礼致しました。では前髪を切らせて頂きますね」

とりあえず自分の荷物から散髪用のハサミを取り出す。

床はフローリングだし、切った髪は掃いてゴミ箱に入れておけば彼の使用人が捨ててくれるだろう。

「前髪だけですので、立ったままで大丈夫ですよ」

「うん……」

それにしても本当に小柄で可愛らしい。

頭が俺の胸元って、お嬢様より背が小さいな。

チョキチョキ、とハサミの音だけが部屋の中に響く。

髪もサラサラだな、少し切りにくいが、俺の腕を以《も》ってすれば……よし。

「終わりました」

「あ、ありがとう……。あ、あの……」

「はい？」

「私、君に名乗っただろうか……？」

ああ、俺がナチュラルに「スティーブン様」って呼んだから気になったのか。

「先程エディン様が呼ばれておりましたので。もしやお名前を間違えましたでしょうか」

「いや、ううん、私はスティーブンだよ。スティーブン・リセッタ」

やっぱり。スティーブン・リセッタ。

ゲームをクリアすると追加される攻略対象の一人。

宰相の一人息子で溺愛《できあい》されている。魔力適性は中。

『フィリシティ・カラー』では乙女ゲームの方向性としていかがなものなのかと声が上がるほど『受けキャラ』であり、腐女子は元より男性人気まで高い。

付いたあだ名はメスティーブン。性別はもうスティーブンでいい、とまで言われる性別行方不明事件の被害者だ。俺も意外と余計な事を覚えてるな……。

「確か、宰相様のご子息ですよね」

「そう……」

「っ……え、ええと……」

突然会話が詰まる。どうしたもんかね。

俺はさっきエディンに名乗ったし、これ以上スティーブンと話す事もないし。

あ、でも……。

「そういえば、スティーブン様はエディン様とお知り合いなのですか？」

「父同士の仲が良いから幼馴染《おさななじみ》というやつだね……」

マジか？　ええ？　エディンのやつ、レオハール様とも親しいんだろう？

なんなんだ、あの野郎の交友関係の広さ。解せぬ……。

「では、もしかしてレオハール様とも……」

「うん、幼馴染だよ」

え、なにそれすごい。宰相の息子すごい。

初めて知ったよ、それ。攻略サイトにも書いてなかったよ、それ。

もしかしてそれで『レオハール×スティーブン』とかあったのか？　うわ、地味に納得。

「あれ……けど、君の主人のローナ嬢はエディンの婚約者じゃ……」

「ええ」

俺がレオハール様関係で探りを入れてきたと思われたのか？

レオハール様はまだ婚約者を定めていない。

婚約者のいないご令嬢たちは、目の色変えて関わりを持とうとしている。

「あ、でも、エディンじゃ……そうだよね……」

なにか察せられてしまった。

ええ、そうなんですよ、とは言えない。

俺がエディンをお嬢様の婚約者から外したいのは、それだけが理由ではないから。

「長居して申し訳ありません。私はここで失礼致します」

これ以上、話す事が思い付かないので失礼しよう。

一応、収穫はあった。

まさかスティーブン、レオハール王子、エディンが幼馴染関係だったとは。

役に立つか分からないが、部屋に戻ったら救済ノートに書き足しておこう。

「あ、まっ、待って……！」

「え？　あ、はい？」

呼び止められるとは思わず、変に聞き返してしまった。

振り返ると、モジモジと手を動かす内股《うちまた》のスティーブン。

女子か。美少女か。そんなんだから『受けキャラ』とか言われるんだと思う。……ではなく。

「はい、どうかされましたか？」

近付いて少し屈む。

出来るだけ不安にさせないように、優しい声を出したつもりだ。

はっとしたようなスティーブンは、頬が赤くなる。

ギャルゲーヒロインかお前は。

「あ、あの……レオ様が、ローナ嬢を、すごく、褒めていたから……どんな方なのかと……」

「明後日になればお会い出来ますよ」

「あ……そ、そうなんだ……」

レオ様？　レオハール様の事か？　へえ、レオハール様の事そんな愛称で呼んでるのか。

そりゃ腐女子が乙女ゲームキャラでＢＬ大量生産するわけだ。

「あ、あれ？　き、君は……ローナ嬢の使用人だよね？　そういえば……どうして生徒の男子寮に……？」

今更？　あ、いや、今頃気が付いたのか？

「私は『記憶持ち』ですので、一生徒としてアミューリアに入学する事となっております」

「!?」

「同じクラスになれるといいですね」

「！」

また学校に通う事になるとは思わなかったが、同級生になるんだし、エディンよりはスティーブンの方が好感持てる。

一番はお嬢様と同じクラスになる事が希望だが。ん？　クラス……。

は、ま、まさかお嬢様とエディンは同じクラスになってラブロマンス的な？

「エディン・ディリエアスコロス！」

「え？」

三章

『お嬢様と俺と入学の日……の、朝』

えーと、救済ノートは……あったあった。

ノートを開く。

明日、ついにアミューリア学園入学式。その前に今日新たに得た情報を書き込む。

昨日出会ったスティーブン・リセッタによると、彼と王子レオハール、そして憎きエディンは幼馴染だったようだ。

ゲームを一度しかプレイしていないから知らなかった。

この三人の関係性は意外と濃く、今日スティーブン様から聞いた話を思うと、その繋《つな》がりの強さも窺《うかが》えた。

そう、今日俺はなぜかスティーブン様に呼び出されて、彼の部屋でお茶をご馳走《ちそう》になったんだよ。

髪を切っただけなのに、昨日の礼とか言われて。

まあ、男とはいえ可愛い子を眺めながらのお茶は悪くなかったけどな。

そして、今日から日記をつける事にした。

お嬢様の破滅フラグがどこに立っているか分からないし、お嬢様を救済するのに役立つヒントを残せるかもしれない。

一年半後、お嬢様が二年生の冬『フィリシティ・カラー』のヒロインが召喚される。

城に召喚されるヒロインは、アミューリアの女子寮に部屋を与えられ、アミューリア学園で戦略や戦闘技術を学びながら従者となるイケメンたちと絆《きずな》を育む。

ここ、アミューリア学園こそが恋の舞台になるわけだ。

そして俺が現時点で行える対策は一つだけ。

お嬢様とエディンの婚約を解消させる（ついでにエディンにお嬢様を散々放置しやがった報いを受けさせる！）。

最終的にヒロインにノーマルエンディングを目指してもらう為に、俺が今出来るのは残りの追加対象のチェックくらい、かな？

まあ、『フィリシティ・カラー』は攻略対象が多いし、今年のうちに接点を持っておける奴らだけでいいか。

となると、レオハール様とエディンとスティーブン様と、ライナス様と……あとは隠れ攻略対象の教師。

えーと、どこにメモったっけ。……パラパラと……。あ、こいつか。なになに？

ミケーレ・キャクストン。

教師であり、国の魔法研究者の一人。

表面上は優しく紳士的だが、実はヒロインの魔力や『魔宝石』を扱う事の出来る『身体』に興味を持つ変態。

帰れないヒロインを戦後、用済みになったら解剖しようと目論《もくろ》む、危険極まりない男。

「…………」

なあ、製作会社とプレイヤーの女子たちよ。こんなヤバいキャラの何がいいの？

ど、ドン引きなんですけど？

リアルにいたら二十四時間アル○ックに見守っててもらわなきゃ不安な奴じゃない？

いや、むしろお巡りさんに即通報レベルでは？

顔？　顔か？　顔がよければ解剖されてもいいのか？　分からん。女子の考える事ってホンット分からん！

つーか『フィリシティ・カラー』、本当に攻略対象多くね？

メイン攻略対象が四人。

敵国攻略対象が四人。

追加攻略対象が四人。

隠れ攻略対象が一人。

いやいや多いって！

……でもそういえば俺のやってたギャルゲーで攻略対象二十人とか、四十七都道府県の女子制覇とかあったわ……。

あ、いや、そんな事よりお嬢様救済のもう一つの障害、ケリールート！

お嬢様が他者を虐《いじ》めるなんて、俺には考えられない。

しかもその末路が『死』ならば、尚更《なおさら》ヒロインがケリールートに入るのは絶対！　何が何でも回避しないと！

目指すところは『ノーマルエンディング』だが、ケリーとヒロインって同じクラスになるんだよな、確か！

俺の知らないうちに学園ラブロマンス的な事になったりしないとも、か、限らないのでは……!?

ま、まず――――い！

ケリーの奴にお嬢様の破滅エンドの事を相談してヒロインに近付かないようにしてもら……いやいや、どう説明するんだよ!?

未《いま》だかつてないドン引きした顔で「お前疲れてるんだよ……。お茶飲むか？」って優しくされる未来しか見えない！　ええい、優しくするな！

それならまだ他のキャラのルートの方がマシだ！

エディンとの結婚さえなくなれば、少なくとも俺やレオハール様のルートでもお嬢様が生涯野郎のせいで苦労する事はな――！

「……あれ？　それもありじゃないか？」

攻略対象が多いという事は、エディンルート、ケリールート以外のルートへ誘導し易いという事でもある。

エディンとの婚約解消は絶対条件、大前提として、ケリールートへ入れさせない事もお嬢様の破滅エンド回避に繋がるはず。

それにヒロインも誰かと結ばれた方が幸せだと思うし？

あ、これいいじゃん。これでいいじゃん！　みんな幸せじゃん！

正直、この攻略対象の人数分の妨害工作って現実的じゃないし！

それならいっそ、お嬢様とエディンの婚約を解消させておいて、ヒロインにはケリー以外の（ここ超大事!!）誰かとイチャイチャしててもらった方が、俺の労力少な目、お嬢様への奉仕時間確保、更に破滅エンド回避率も向上って……！

え？　最高なのでは？

書き足しておこう！
・エディンとお嬢様の婚約を解消させ、ヒロインにはケリー以外（ここ超大事!!）の誰かと結ばれてもらう！
うん、これがみんな幸せなエンディングだろう！

よーし、頑張るぞー。

……いや、万が一に備えて、やっぱり……これも。
・最悪『ノーマルエンディング』へ誘導する。――ヒロインがお嬢様へ敵対するような子なら、お嬢様への奉仕時間を諦《あきら》めてでも、俺の全能力で全攻略対象の恋愛ルートへの妨害工作を実行する。
ノートと日記を閉じる。

机に入れて鍵《かぎ》をかけ、明日の準備をもう一度確認し、ベッドに入った。

全てはお嬢様を救済する為に！

＊＊＊

翌日。

部屋を出たところで制服姿の女の子……ではなく、スティーブン様に声をかけられ、一緒に登校する事になった。

お嬢様を女子寮にお迎えに行こうと思っていつも通りに起きたが、スティーブン様もえらく朝早いな？

それに俺の部屋一階だぞ？　食堂も逆方向だし。

うん、まあ、良いけど。なんか、俺、懐かれてないか？

ゲームでスティーブンとヴィンセントって、接点なかったよな？

いや、接点作るつもりだったからいいけど？

「おはよ～！」

「おはようございます、レオ様」

「おはようございます、レオハール様」

学園の近くまで来ると、レオハール様がどこからともなく現れた。

数ヶ月前に会ったばかりだが、制服姿のレオハール様はイケメンに磨きがかかっている。

金の髪を朝陽でキラキラ輝かせ、満面の笑み。なんか、すっっっごく……清々しいな？

ま、眩《まぶ》しい、王子オーラが眩しい……！　さすがメイン攻略対象人気不動の№１！

「聞いたよ、ヴィンセントも生徒として学園に通うんだってね」

「はい。レオハール様と同級生という事になります。よろしくお願い申し上げます」

「いやぁ、濃ゆい学園生活になりそうだねぇ」

……否定はしない。

俺もそう思う。

「で、どうしてスティーブはヴィンセントと一緒にいるの？」

あ、レオハール様もスティーブン様の事は愛称呼びなのか！

そりゃ『レオハール×スティーブン』が騒がれるわけだ。

「ヴィンセントは『片手で竜を１００匹殺す』シリーズに出てくる、セスに似ていて……、す、素敵なんです……！」

「あれシリーズなんですか？」

「そこ？」

いや、まさかアレがシリーズ作品だなんて誰が想像するよ？

しかも題名の引き継がれるところ、そこ？

「あれ恋愛小説、ですよね？」

「そこ？」

「う、うん……。私、あのシリーズのファンなんです……」

「ヴィンセントも借りて読んでごらんよ。結構ハマるよ」

「レオハール様も読んだ事あるんですか？」

「異母妹《いもうと》が好きなんだよ。本を読んでいる間は静かだから、シリーズモノは欠かさずチェックするかな」

……あのレオハール様が真顔だ。

「ハッ！　お嬢様の気配！」

「「気配？」」

昨日丸一日お嬢様に会っていないんだ！

この気配は、匂いは！　間違いない！

特急で！　しかし優雅に華麗に……！

「お嬢様おはようございます！」

「おはよう、ヴィニー。早いわね」

「明日からは女子寮まで迎えに行ってもよろしいでしょうか!?」

今日はスティーブン様に捕まったから行けなかったんだが！

「結構よ。クラスが別だった時はお願いするわ」

「なんと!?」

そ、それは悩ましい……!!　お嬢様と同じクラスか、お嬢様の送迎を毎日か……！

クッ！　な、なんという二択!?

頭を抱えていると、ふと、マーシャの事を思い出す。

「お嬢様、マーシャは余計なご迷惑をお掛けしておりませんでしたか？」

「そうね。五回ほど他のご令嬢の部屋へ間違えて入ったようだけれど……」

やると思った。

「想定内だったので事前にご挨拶《あいさつ》しておいたから、特に問題はないわね」

「さ、さすがお嬢様……。ですが、申し訳ございません……」

「それに、もう起きたでしょうし」

「本当に申し訳ございません‼」

また寝坊か、あのバカ娘……。

「おはよう～、ローナ」

「おはようございます、レオハール様。本日より宜《よろ》しくお願い致しますわ。そちらは？」

「あ、は、初めまして……私は……リセッタ家のスティーブンです……」

「スティーブン様、初めまして。わたくしはリース家、ローナと申します。以後お見知り置きくださいませ」

「やあ、そこの綺麗《きれい》なお嬢さん。一緒に登校しないかい？」

「え？」

「！」

突然俺とレオハール様を押し退《の》けるように、お嬢様の横へ割り込んで来た雀茶色の髪の男。

この声、そしてこの髪の色！

「綺麗な金髪だね。まるで王族の姫君のようだ。名前を聞いても良いかい？　俺は……」

「おはよう、エディン。いつの間にローナと一緒に登校するくらい仲良くなったんだい？　この間のローナの誕生日には僕が誘っても『行かない』の一点張りだったくせに。本当にエディンは手が早いね？　…………………あれ？」

「…………………」

ぎぎぎ、とえらく固い動きでレオハール様を振り返るエディンは、震えた声で「ロ、ローナ？」と、お嬢様を指差す。

「えぇ……？　エディン、君まさか、知らずに声をかけたとか、では……ない……よね？」

「………」

「……ええ……馬鹿なの？」

あのレオハール様が本気でドン引きしながら、まさに愚者を極めたようなエディンを眺める。

そうか、こいつお嬢様と五年も会ってなかったもんなぁ。

お嬢様の顔も忘れたのか。

まあ、二回しか会ってないもんなぁ、五年前に二回しか。


ガシッ。


エディンの肩を摑《つか》む。

婚約者とはいえ、お顔が近いですし？

「ははは、おはようございますエディン様。大変良いお日柄でございますね。お顔と首はしっかり洗って来られましたかぁ？」

「ヒッ!?　き、貴様は一昨日の！」

「まさか婚約者のお嬢様の顔をお忘れとは。良い度胸してやがるなテメェ！　今すぐ埋めてやろうか⁉　アア⁉」

「ヴィ、ヴィニー、落ち着きなさい」

「止めないでくださいお嬢様！　この場でこの男を始末させてください！」

「わたくしもレオハール様がお名前を呼ぶまで分からなかったのだから！」

「今回は許すが二度目はねぇぞ⁉」

「に、二度と近付くかバーカバーカ！」

「待てコラついでに婚約解消していきやがれ‼」

「ヴィニー！」


ちなみに俺はお嬢様とは同じクラスだった。

もっと言うと、関係者全員同じクラスだった。

『番外編【マーシャ】』

「んん……」

あったかい太陽の香りがするお布団。

眩しい光。ああ、もう朝かぁ。名残惜しいけれど、上半身を起こして伸びをする。

うーん、今日もいい朝だなぁ…………うん？　朝？

「うああ！　お嬢様を起こさねばぁ!?」

いつもなら義兄《にい》さんに叩《たた》き起《お》こされてるのに、今日はたっぷり寝られたなぁ、と思ったけど！

今日からお嬢様はアミューリア学園に入学されるんだ！

お嬢様、わたしのお仕えするお嬢様！

一年ほど前に、わたしはある男爵家で働かせて頂いていた。

でも、ドジのせいでクビになってしまったんだ。

そこを助けてくださったのが、リース伯爵家のご令嬢、ローナ様とその執事であるヴィンセント義兄さん。

ローナお嬢様はわたしが見てきたお嬢様の中では、群を抜いてお美しく、まるで恋愛小説に出てくるお姫様のよう……。

金の髪に、アメジストの瞳《ひとみ》。真っ白で透き通るようなすべすべのお肌に、整った目鼻立ち。

どんな服も着こなし、博識で、立ち振る舞いはご令嬢の見本のよう。

笑うのが苦手だと言うお嬢様は、笑わなくたってお美しい！　それに、とってもお優しい！

ああ、思い出してもうっとりしちゃう……！

そしてそんなお嬢様を完璧《かんぺき》にお支えするわたしの義兄《あに》、ヴィンセント・セレナード。

漆黒の髪に、切れ長な瞳。

背は高く、すらりと長い手足。お嬢様の側にいて、なんら邪魔にならない美貌《びぼう》を持ち、隙がなく、どんな事でもやってのける。

厳しい事の方が多いけど、それは全てお嬢様の為。

ばっちゃを助ける為に、わたしを養子に入れてくだすったローエンス義父《とう》さんの、最初の養子でもある。

わたしと同じ平民とは思えない能力の高さは、やはり義兄さんが『記憶持ち』だったからかなぁ。

「あ、って、いうか……起きねば！」

二人を思い出してたら、また時間が経《た》ってる。

お嬢様の事を考えるとつい、うっとりほにゃーんとして時間が経ってしまうんだ。

鏡の前に立ち、急いで髪をとかす。

三つ編みを左右に作って、それを頭の後ろで輪っかにして。

メイド服を着て……ええと、変なところは、ない！

リース家のメイドとして恥ずかしくねぇ格好しねぇと、義兄さんに叱《しか》られちまうからな。

気合いを入れて部屋を出ると、お腹がキューって鳴る。

う、お腹空いた……。

ここは使用人宿舎だから、食堂は自由に使っていいんだよね？

い、いやいや、まず先にお嬢様のお部屋に行かないと！

お嬢様を起こして、それから何をすればいいんだったかな？

お嬢様には「何にもしなくていいわよ」って言われてるけど、それじゃあわたしがいる意味ないし。

あ、そうだ！　義兄さんから「やることリスト」を貰《もら》ってるんだ！

部屋に戻って鞄《かばん》を漁《あさ》り、手帳を取り出す。義兄さんから誕生日に貰ったやつ！

これに書いておけば、ドジなわたしもちゃーんと次回からは同じ間違いをせず働けるのだ！

「えっと、『アミューリア学園に行ったらまず六時起床。お嬢様より早く起きるのは屋敷にいた時同様、メイドとして当然の事』！」

時計を見る。十時半……。

「…………」

あ、明日から頑張る。

「起きたら身だしなみを整える。リース家のメイドとして恥ずかしくないよう、必ず鏡で確認するべし！　寝癖、靴下の裏表反対、襟、リボンの縦結びは言語道断！」

大丈夫、鏡は見てチェックした！　リボンは、まあ、このくらいならセーフだよね。

でも、そういえば靴下はどうだっただろう？

「…………」

に、義兄さんは未来が分かるんだろうか……。

右側の靴下を脱いで、表返しにして履き直す。

こ、こんなとこ、バレないと思うんだけどなぁ。

「えっと、身だしなみを整えたら朝食を素早く優雅に摂《と》るべし。朝食は活力！　抜くのは自殺行為！」

わぁい！　やっぱりご飯だよねー！

手帳をスカートのポケットにしまい、食堂へダッシュ……は転ぶからやめて、早歩き！

使用人の宿舎にもシェフがいるって聞いていたんだけど、今は時間外。

材料は揃《そろ》っているので、自分で作らないといけないのか。

わたし、義兄さんみたいに料理は得意じゃないんだよね。

でも、ご飯は食べたい！　食べなきゃ力が出ない！

よーし、まずはパンを焼いて……焦げた！

ハムを切って……指切った！

野菜を洗って……み、水が跳ねて顔面にっ！

「ううう、やっと食べられる……」

サンドイッチってこんなに作るの大変なのか……。

よし、食べながら続きを確認しよう。

「お嬢様を起こして差し上げる。これはお嬢様付きのメイドになった以上、休日以外欠かしてはならない。優しくお声がけすれば、目覚めの良いお嬢様はすぐに起きてくださる。……自分が寝坊するのは論外……」

……に、義兄さんは未来が分かるんだろうか……。

「んん！　次！　……えぇと次にお嬢様のお着替えのお手伝い。そしてお食事をご用意する。女子寮には食堂があるはずなので、そちらへご案内し、朝食を摂って頂く。（女子寮の内装もきちんとチェックして、どこに何があるのかを覚えておくと良い）……食後のお茶は食堂の茶葉で淹《い》れたものを当面は飲んで頂く事……って……」

に、義兄さん……わたし、お茶淹れられない、んだけど。

そういえば前、義兄さんに「お茶の淹れ方は覚えたか」って聞かれて思わず「うん」って嘘ついちゃったんだ……。

草木やお花、薬草の事は結構知ってるから、茶葉もいけると思ったんだけど——茶葉を知ってる事とお茶を淹れるって別物なんだった！

だって、まさかお茶に淹れ方があるなんて思わなかったんだもん。

茶葉の入ったポットにお湯を入れたら良いだけだと……。

確かに茶葉によって香りや色や味は違う。茶葉の種類やその特徴も覚えてる。

でもだからといって上手に淹れられるかというと話は変わってくる。

茶葉のブレンド、それによるお湯の温度、量、蒸らし時間、カップの温度、カップに注ぐ量と速度……。ミルクやお砂糖、茶菓子との相性！

義兄さんはお嬢様の好みを把握してるけど、わたしはまだ全然分かんない！

あああどうしよう！　明日からお嬢様にどうお茶をお淹れしたら……。

そうだ、義兄さんに聞こう！　忘れないようにメモメモ……と。

「それから、お嬢様をお見送りする。お嬢様のお部屋を掃除する。布団を干し、お嬢様が快適に過ごせる空間を作るべし……」

掃除、苦手なんだよね……。

いや、メイドとして掃除が苦手だなんて言ってられない。

が、頑張るさ！

「お掃除の後はお洗濯……シーツや下着などは毎日洗い、お嬢様に清潔に過ごして頂く……」

お、お洗濯も苦手……。

いやいや、メイドなんだからちゃんとやる！　頑張るさ！

「お嬢様のお休みになるベッドを整えるのを忘れてはならない。人間は人生の半分眠っている。睡眠はお嬢様の健康を維持する上で、重要なものの一つである……お、おおぉ、さすが義兄さん、言う事が違う！」

と、感動しながら朝ご飯を食べ、後片付けをしてからお嬢様のお部屋へと向かう。

けれど……。

「ぺ、ペッカペカ……」

豪勢なお部屋。

お風呂《ふろ》やおトイレも付いていて、なんでか知らんけどベッドルーム以外にもお部屋が二つある。

お勉強されるお部屋とお食事をするお部屋だな。

伯爵家のお嬢様のお部屋は三階にある。

王族や公爵家のお部屋はこれよりも広くて豪華なんだろか。

ううん、荷解きをお手伝いしたけど、その時よりもお部屋が綺麗《きれい》。

まさか、本当にお嬢様がご自分でお掃除されたんだろか？

ひええ、これじゃ本当にわたし、ついてきた意味がな……あれ？　お勉強机に手紙？

近付いて手に取ると、お嬢様の文字。あ！　わたし宛《あて》の手紙だ。

読んでみるとお嬢様から今日、わたしがやる仕事のご指示が！

「花壇探し！」

そうか、お嬢様はお花が大好き。

本当ならご自分でお庭を作りたいんだな。

でも、お嬢様のお部屋からは木々しか見えん。

『寮の近くに花壇がないか探して欲しい』って書いてある。

任せてお嬢様！　わたしが必ず花壇を見付けてくるさ‼

＊＊＊

「ただいま」

「お帰りなさいませ！」

夕刻、お部屋にお嬢様がお戻りになった。

そして、部屋の中に設置した小さいプランターを見て、目許が優しくなる。

「上出来よ。はなまるをあげます」

「わーい！」

「次のお休みの日に一緒に何かを植えましょう。何がいいかしらね？」

「ミニ薔薇《ばら》などいかがですか？」

「まあ、素敵ね」


お嬢様は笑うのが苦手だけど、感情は全部目許を見れば分かる。

今はまだ何にも植わってないプランター。

ああ、次のお休みの日が楽しみ！

きっとお嬢様みたいな綺麗なお花を咲かせてみせるべさ！

『お嬢様と俺と入学の日……の、午前』

初日は入学式。

この学園の成り立ちや歴史、校則を長々と聞かされ、クラス分けが発表される。

正直、成り立ちや歴史は興味ないし、校則は暗記しているので実に苦痛な時間だった。

だが、まぁいい。

お嬢様とエディンだけが別のクラスだったら、今夜中に仕留めねばならないと思っていたからな……奴を。

教室に移動する間もお嬢様には一切近付く様子はないが、警戒はしておかねばなるまい！

「ヴィ、ヴィンセント……、同じクラスに、な、なれましたね……」

「へ？　あ、は、はい、そうですね、スティーブン様」

約二十人のクラス。男子十人、女子十人。

席は身分の順なので俺は一番廊下側の端っこ。

それなのに休み時間になるなり、わざわざスティーブン様がいらっしゃった。

ちょこちょこ近付いて、手を重ねて恥ずかしそうに微笑むスティーブン様ときたらただの美少女でしかない。

ああ、同じクラスの男どもの視線が何かスティーブン様に集中しているような⁉

気持ちは分かるけれども！

「というか、お嬢様は窓際なんですね」

スティーブン様をやんわり通り過ぎて――でも普通に付いて来たな――窓際の一番後ろの席のお嬢様へと近付く。

レオハール様が窓際一番前、宰相の息子のスティーブン様が二列目、公爵家のエディンが三列目なのは、まあ、分かるけど。

他の侯爵家の方々を差し置き伯爵家のお嬢様がまさかの窓際。というか。

「黒板お見えになりますか？」

「大丈夫よ。それに座学は得意だもの、遅れはとらないわ」

ですよね。頼もしい。

「………で、何をしているの」

「もちろん、お嬢様の玉のお肌が陽に焼けないよう、日除《よ》けを作らねばと思いまして。ご安心ください、すぐに出来ますので」

こんな事もあろうかと黒い布地は用意してきた。

お嬢様が日焼けされないようにしっかりと対策を講じねば。

窓の大きさを測り、薄いが日光を完全に遮断できる布をカーテン状に縫う！

「要らないわ」

「なんですと⁉」

「午後の実力テストで席替えをすると、さっき先生がおっしゃっていたでしょう」

「その間、お嬢様のお肌に何かあったらどうなさるのですか⁉」

「大丈夫だからちょっと落ち着きなさい」

「俺は冷静です！」

だがお嬢様に頭を抱えられてしまった。

くっ、お嬢様が頭を抱えてしまうのなら、日除けのカーテンは諦《あきら》めるか。でも……。

「あ、あの、ローナ様、ヴィンセント……、昼食に、行きませんか……？　午後は座学のテストと、身体能力のテスト、だ、そうなので……」

「そうですわね」

「お嬢様、昼食の件で一つご報告が」

「え？　なぁに？」

「お弁当を作ってこられませんでした……！」

お嬢様のお迎えとお弁当の為にいつも通りに起きたのだが、部屋から出るなりスティーブン様に捕まったのだ。

そのあとはのんびり朝食とお茶と雑談に付き合わされ、登校時間になってしまった。

悔やんでも悔やみきれない！

だが、美少女ばりの愛らしさを振りまくスティーブン様を振り切る事が、俺にはどうしても出来なかったんだ！

「……そう」

「反応が薄いですお嬢様っ」

「ヴィ、ヴィンセントは……お料理も出来るのですか……？」

「五年ほど前から嗜《たしな》んでいるのです。今では我が家のシェフにも劣りませんの」

「わあ……、それは凄《すご》いです。私もヴィンセントのお料理を、食べてみたいです……！」

「あ、それでは明日、お嬢様のお弁当と一緒にスティーブン様のお弁当もお作りしますね」

だから明日は仕事をさせてくれ。

「本当ですか⁉　嬉《うれ》しいです！」

良心が痛むな。スティーブン様の無邪気な笑顔……。

「それは興味深いね。ヴィンセント、僕の分もおねがーい」

「レオハール様」

ピョコタン、と現れた王子様。

今更だが俺はお嬢様、スティーブン様、レオハール様という綺麗どころに囲まれてしまった。

しかも、明日この三人にお弁当を作る、だと？

「喜んで作らせて頂きます。苦手な食べ物などはありますか？」

「わ、私はピクルスが苦手ですぅ……」

「僕は甘くなければなんでも食べるよ」

「あれ、レオハール様は甘いものが苦手なんですか？」

蜂蜜《はちみつ》茶大好きじゃねーか。

毎年お嬢様の誕生日には蜂蜜茶をリクエストされるのに……。

「実は砂糖が苦手でね。飲み物やお菓子なんかに使われていると、どうも吐き気がするんだ」

「それはまたピンポイントで珍しいものが苦手ですね？　アレルギーですか？」

「アレルギーと言えばアレルギーかな？」

なんだ、それ。

首を傾げると横でスティーブン様が表情を曇らせる。

なんだろう？　いや、まあ、いいか……。

「では、砂糖は入れずに作りますね」

「わぁい、楽しみ」

なんかレオハール様のノリってマーシャに似てるんだよな。

あ、そうだ。

「ライナス様もいかがですか？」

「え!?　俺もいいのか!?」

お嬢様の前の席に座ってこちらをじーっと眺めていたライナス様。

いや、あれだけ熱視線送られればねぇ。

本当ならお嬢様以外に、まして野郎に食わすのは本意ではないが、スティーブン様とレオハール様は別というかなんというか……ええい、お前もまとめて面倒見てやるわ！

「ヴィンセント！」

「うわ！　は、はい!?」

「お前、いい奴だな！」

「あ、ありがとうございます……？」

急に手を握られて何を言われるのかと思ったら……。

というか、平民出の俺にそこまで真っ直ぐ感謝してくるなんて、お前こそいい奴だよ！

でもそろそろ手を離してくれないか。

「あの、ライナス様？」

「ちなみに、そ、その、蜂蜜茶を……い、いや、なんでもない！」

「リース家のものではございませんが、作る事なら簡単に出来ますので、明日一緒にお持ち致しますよ？」

「ありがとう！」

「い、いえいえ……」

お気に召したのか。

「ね？　リース家の蜂蜜茶は美味しいと言ったろう？」

「は、はい」

「フン、くだらん」

「ああ？」

「ヴィニー、抑えなさい」

前の席でエディンが腕を組み、こちらを振り向きもしないで毒づく。

蜂蜜茶を褒めてくれたのはレオハール様だぞ！　幼馴染《おさななじみ》とはいえ、なんて不敬な！

「蜂蜜茶など安っぽいものを気に入るなんて、レオ、お前も王族の自覚が足りんのではないか？」
レ、レオハール様を呼び捨てに？　おいおい、いくら幼馴染でもそれは！

「蜂蜜茶って安っぽいかな?」

「け、結構高級品ですよ……?　リース家の蜂蜜は特に……」

「我が家の蜂蜜は蜜蜂が蜜を集めてくる花を品種改良し甘すぎず、上品な味になるよう努めております」

「蜂蜜の蜜……。は、花から作っているのか⁉」

ライナスとスティーブンが肩を跳ねさせるほど驚いている。

まあ、普通驚くよな。

だがお嬢様は元々お花が好きな方だ。

マーシャが来てからより知識も増え、リース伯爵家は難航していた養蜂も軌道に乗り始めた。

俺もそこまでやり始めるとは思わなかったし、養蜂にまで手を出されてはリース伯爵家の向かいたい先がますます分からない。

もしもバッドエンドで爵位を奪われ、土地や建物を奪われ、あの広大な牧場や農園や果樹園などを失っても、リース一家はやっていけそうな気さえする。

「農業や養蜂の事業も行っておられるのか?　リース伯爵家は領地管理を行うお家と聞いていたような……?」

「ええ、セントラルの東側をお預かりしております」

「王都で消費されている食糧の半分はリース家の土地で賄われているんだよね」

「しょ……商家なのですか……?」

「商いにはあまり力を入れておりませんね」

「え……？　ど、どういう事ですか……？」

困惑するスティーブン様。

俺から詳しくご説明出来ないのが悲しいところだが、リース伯爵家は本来王家から土地を預かり管理するのが仕事なのだ。

だが、旦那《だんな》様はその土地に住む者に農業や養蜂、畜産などのノウハウを指導。

生産性と品質は格段に向上し、農家と商家の交渉も旦那様が取り持つおかげでウィンウィンな関係を築き、セントラルの食糧はその約半分をリース家管理の土地が生産するまでに至った。

つまりリース家管理の土地は儲《もう》かっている。多分、他の地区よりも。

旦那様は地位に興味のない方なので、爵位の昇格を何度もお断りしているそうだが、リース伯爵家の権力は公爵家と遜色《そんしょく》ないとまで言われている。

お嬢様が公爵家のエディンやライナスの後ろの席に、他の侯爵家子息や令嬢たちを差し置いて座っているのはそういう事を加味されているからだ。

ああ、自慢したい……!!　でもお嬢様が絶対嫌がる！

「ふん！　どちらにしろ田舎貴族に違いはあるまい！」

「それは我がベックフォード家への侮辱か、ディリエアス!!」

「はあ？　貴様の事を言っているわけではないぞ」

「ではローナ嬢への侮辱か？　貴殿の婚約者であろう!?」

「父が勝手に決めたのだ！　でなければ誰がそんな愛想のない女……」

コロス。

「ヴィニー、ダメよ」

「もちろんでございますお嬢様。ご安心ください、お嬢様のお目汚しになるような場所では何も致しませんので」

「わたくしが見ていない場所でもダメよ」

「エディン、ローナの側《そば》にいた方が安全かもしれないよ」

ははは、とレオハール様が力なく笑いながら忠告するが、エディンは忌々しいとばかりに表情を歪《ゆが》めたまま「辛気臭い！」と言い放つ。

……マジでどうしてくれようか。

クズだクズだとは思っていたが、ここまでクズ野郎だったとは……！

「なんだ、ベックフォード、そんな辛気臭い女が好みなのか？　まあ、見目は美しいからな、欲しいならくれてやるぞ。お前が惚《ほ》れたとなれば父も婚約解消に頷《うなず》くだろう」

「貴様……！」

プチ、と頭の片隅で何かが切れた時、お嬢様が俺の手を摑《つか》む。

お嬢様が俺の手を……。

お嬢様が俺の手を………。

お嬢様　尊い。

「エディン」

衝撃が上書きされ、硬直した俺の横でレオハール様の声がエディンの動きを止めた。

青い瞳《ひとみ》が細くなる。

「今のは聞いてて胸糞《むなくそ》わるーい」

「う……」

王子とは思えん言葉遣い。しかも笑った表情で、軽い口調で。

だが、だからこそ……こ、こわ……。

「すまないね、ローナ。友《エディン》の代わりに謝るよ」

「気にしておりませんわ。中身のない言葉に傷付くほど、わたくし繊細ではございませんの」

「わあ～……」

「わ、わあ……『薔薇《ばら》乙女騎士エリーゼ』みたい……か、かっこいい……っ」

「…………っ」

「……な……っ、なっ……！」

呆気《あっけ》にとられるライナスとエディン。

スティーブン様は何を言ってるんだ？

だが気持ちはよく分かる。

さすがお嬢様……かっこいいっ!?

「それよりも昼食に行かれるのでは？　時間がなくなりますわよ」

俺と同じように時間が止まっていた教室内がその言葉で動き出す。

忘れそうになったが、今は入学初日の午前中である。

『お嬢様と俺と入学の日……の、午後』

で、午後から一時間ほど座学のテスト。

歴史、数学、科学、文法、行儀作法など。貴族ならば幼少期から学んでいる一般常識だ。

無論、俺もケリーと共に学んでいるので問題なく最後まで解けた。

その後は着替えて運動施設へ。

「……はぁ……」

「深い溜息だね？」

「レオハール様……」

ここからはお嬢様……いや、男女が分かれて実技テストを受ける。

男子は乗馬、弓技、剣技の試験。女子は目利や裁縫やダンス、礼儀作法の実技などだ。

「実に残念です。エディン様と当たらないのが」

「僕も君とは戦いたくないからテキトーに負けようかな？」

「い、いけませんよ、レオ様……。またすぐそのように……」

「だって〜。スティーブだって武芸事は苦手だろう？」

「そ、それは……。で、でもこの試験の結果で、生徒会への立候補が出来るか決まるのですよ
……？　レ、レオ様はお嫌かもしれないですけど……や、やっぱり王子として、生徒会には入らな

いと……」

「生徒会？」

席順が決まるだけじゃないのか？

俺は必ず上位に食い込むであろう、お嬢様のお側に席を近付けたいだけだが（あとエディン潰《つぶ》す）それ以外にも、この試験には何かが懸かっているのか？

俺が聞き返すと、スティーブン様が「あ、ヴィンセントは知らないんですね……」と目尻《めじり》を下げた。

「じょ、上位五名は、クラスの代表として、生徒会に立候補が、出来るんです。ええと、その、せ、生徒会は、この学園の法であり、秩序であり、ルール……。生徒会長は王のようなもの……」

「要するに出世コースなんだよ。生徒会の役員だったとなれば最初からいい役職に就けるし、その後の出世も早い。でも僕は興味ないんだよね。スティーブは頑張りなよ。エディンもね」

「！」

「でないと、次の騎士団総帥の座をライナスに奪われるよ？」

ほんの少し離れた場所に居たエディンが、レオハール様を睨《にら》みつける。

王子に対して不敬な奴め。と思うが、それが許される間柄なんだろう。

「はあ！」

そこへライナス様の気迫のこもった声。

ライナス様と対戦していた生徒が吹き飛ばされる。

おお、さすが騎士志望の公爵子息。

そうか、エディンの父親――ディリエアス公爵は現騎士団総帥。

ライナス様の家は地方を治める領主貴族の公爵家だとばかり思っていたが、成績次第でセントラルに屋敷を置く公爵家は、ディリエアス家じゃなくベックフォード家になるかもしれないって事か。

……へえ。

「ライナス様ー！　頑張ってくださーい‼」

「⁉　応援感謝する！」

「あからさますぎるだろ貴様！」

本当に残念だ。

俺はエディンとは対戦ブロックが違うから、最後まで勝ち進まないと戦えない。

エディンのブロックには今のところ無敗のライナス様がいる。

さすが〝従者候補〟の中では肉体派。

魔力適性が『中』でも、あの剣技は代理戦争で十分頼もしいんじゃないか？

「レ、レオ様、ヴィンセント、お二人の対戦順番ですよ……」

「え！　僕とヴィンセントが戦うのかい？　えー、ヴィンセントとは戦いたくないよ～。殺気が本物だよ～」

「ははは、私が殺意を抱く相手はあそこのクズただ一人ですよ」

「き、聞こえているぞ、無礼者！」

「では勝ち上がってきてください。フルボッコにして差し上げますので」

「ひ、ひぃ……！」

「日頃の行いがもろに祟《たた》ってるね～」

とは言え、レオハール様には俺も勝てる気がしない。

なにしろゲーム内でレオハール様だけ、ステータスの設定が他のメイン攻略キャラと一回り以上違う。

性格はちゃらんぽらんだが『記憶継承』で最も能力が現れやすいと言われる王族の血は、やはり伊達《だて》じゃないのだ。

メイン攻略キャラで不動の人気№1を誇るのはなにも、彼のストーリーやキャラデザだけが理由ではない。

その最たるは『フィリシティ・カラー』の無駄に凝った戦闘システムにおいて、群を抜いて頼りになるからである！

というか、ステータス上げを疎《おろそ》かにして、恋愛イベントばかりに夢中になると、あの戦争はマジで勝てないらしい。

そんなプレイヤーたちの救済システム……それがレオハール・クレース・ウェンディール様なのである。

もちろんレオハール様だけで戦争勝ち抜くのは無理だけどな。

それでも彼のおかげでゲームをクリア出来たという戦巫女《みこ》があとを絶たない為、レオハール様は崇《あが》め奉られる域に達し、ついには不動の人気№1となったのだ。

そんなレオハール様と戦って、俺はどこまでやれるだろう？

「両者、構えてください」

審判も務める教師が俺とレオハール様へ促す。

エディンをとっちめる為にも、勝ちたいが……。

「はーい、僕の負けでいい～」

「は？」

「は？　で、殿下！　何を仰《おつしや》っているんですか！」

「戦うのキラーイ」

「レ、レオハール様……」

「あとめんどくさーい」

そっちが本音くさい!!

「…………で、では……」

俺の不戦勝。

次の生徒と、その次の生徒もとりあえず一撃で沈めたので、俺の実力は証明された。

勝てる気はしなかったが、それでもレオハール様と少し戦ってみたかったな。

本音を言えば自分の実力を試したかったんだ。

レオハール様、完全に傍観者と化しているが。

「そういえばスティーブン様は？」

「わ、私は、一回戦で負けてしまいました……」

スティーブン様は戦略が飛び抜けて高いキャラだったからなぁ。

ただ、スティーブン様の魔法はヒロインに近いもので、同じ従者のステータスを上昇させる事が出来る……らしい。

その場合のレオハール様はもはや無双の負けなし状態……らしい。

俺は一周しかやってないので攻略サイトより抜粋。

「ヴィ、ヴィンセントはすごいですね、こちらのブロックの代表ですっ」

……可愛い。

「ありがとうございます」

「で、あっちの代表は誰になるのかな？」

ワクワクした表情でレオハール様が隣の対戦を眺める。

俺の次の、そして最後の対戦相手だ。

エディンとライナス様。まあ、順当といえば順当な準決勝だな。

「はぁっ！」

「こっの！」

え……、意外と斬り繋《つな》ぐな？

てっきりエディンが秒殺されるかと思ったが。

「腐っても騎士団総帥のご子息という事ですか」

「エディンは前世かなり凄腕《すごうで》の騎士だったらしくてね。剣の腕は最初から僕より上だったよ」

「え、あのクズが？」

「ヴィンセント、もうエディンに遠慮がありませんね……」

へぇ、そうなのか。

ゲームではレオハール様が強すぎる記憶しか残ってなかった。

メイン攻略対象の四人は、一周目必ず従者になる。

いや、だからメイン攻略対象って言われてるんだけど。

確かケリーとエディンもそこそこステータスは高かった。

でもエディンに剣のイメージがないな？

「ヴィンセントとライナスの試合も見てみたいけど、やっぱりヴィンセントとエディンの因縁の対決も気になるな～。どうなるんだろう、ワクワクっ」

「戦いはお嫌いなのではないのですか？」

「僕が戦うのはね」

ちゃらんぽらんめ。


「失礼致します！　レオハール様！　レオハール様はいずこでございますか⁉」

ざわ……。


突然城の衛兵が入ってきた。

一瞬、レオハールの表情が強張《こわば》ったのを俺は見てしまう。

こんな事、そういえば前にもあったな？

お嬢様の誕生日の時に。いや、まさかだろ……。

「僕はここだよ。どうかしたのかい？」

「ひ、姫様が、お茶の時間なので…………レオハール様に、来て頂きたいと……」

「え、ええ……？」

言葉を失うとはこの事だ。

レオハール様でなくとも、その場の誰もが絶句した。

お、おいおい。お茶の時間だから兄貴連れて来いって？

自分で言ってて衛兵も「やべぇ」と思っているのか、目が泳ぎまくっているぞ。

「いや、でも、マリーには今日から学園だからと伝えてあるよ？　陛下にも学業を優先しろと命じられているし……」

「陛下が、ひ、姫様のお茶の時間だけは例外にすると、レオハール様に、お伝えしろと……」

「え、嘘。嘘でしょ陛下」

「申し訳ございません!!　わ、我々も、その、言葉は尽くしたのですが……」

「ええ、うそ〜……」

天を仰いだレオハール様。

十秒ほど呆然《ぼうぜん》と空を見上げてから、だらりと背を丸めて……あからさまに落ち込む。

あの背中だけで、彼がどれほど日々、妹姫に振り回されているのかが窺《うかが》えるようだ。

もしかして、朝やたらと晴れやかで清々《すがすが》しい輝きを放っていたのは——っ。

「…………うん！　分かった、じゃあ行こうか！」

「よ、よろしいのですか？」

「権力には逆らえないんだよ」

「…………………」


お、王子の台詞とは思えない……。


去っていくレオハール様。顔は、笑っているが……。

あまりの出来事に、各試合は中断。

王子のお見送りで、皆入口の方へ近付く。もちろん教師も。

「レオ様……」

「入学初日から呼び出しとは、マリー姫も堪《こら》え性がないな」

「あ、あの、スティーブン様？　お噂には聞いていましたが、マリアンヌ姫様とはいつもああなのですか？」

ゲーム内でも我儘《わがまま》放題好き放題だったイメージだ、マリアンヌ姫。

だが、レオハール様のあの表情を見ると……。

「き、きっとマリー様はお寂しいのです……。陛下は代理戦争に勝つ事しか、今は考えられないようで……。マリー様は陛下に構ってもらえず、レオ様に必要以上に、甘えておられるのでは、ないでしょうか……」

「お妃《きさき》様は男遊びでお忙しそうだしな」

「エ、エディン……！　い、いけません、そんな言い方……！」

「本当の事だろう。俺もお相手を頼まれた事があるんだぞ」

「ひぃ！　し、知りたくありませんでしたっ」

お、俺も知りたくなかった！

マリアンヌの母。国王の正妻。ゲームでは名前も出てこなかった。

イメージ的に亡くなっているのだとさえ思っていたくらい存在感なかったが、まさかご存命な上、そんな事に？

「見目のいい男なら歳も身分も気にしない。お前たちにもお声がかかるかもしれないぞ」

「ディリエアス！　貴様、女性に対して尊敬の念はないのか!?」

「ライナス様、口よりも剣で黙らせましょう。ボロ雑巾《ぞうきん》のようにヘッロヘロでボコッボコな感じに！」

「ホ、ホンットに無礼だぞ、貴様っ！」

「では直接私を躾《しつけ》てくださいませ。テメェにはお嬢様との婚約を解消してもらわねばなりませんので、決勝でお待ちしておりますね」

「グッ!!」


だが残念な事に勝ったのはライナス様。

俺とライナス様の決勝戦は時間により引き分けとなった。

『お嬢様と俺と入学の日……の、夜』

男子寮というところは、意外と自由である。

入学初日の夜、俺は自分で食事を作って食べていた。勿論《もちろん》、食堂で。

そこで子爵や男爵家のご子息様四名ほどに、頭に水をぶっかけられた。

「今日は随分調子に乗っていたな！　使用人風情が！」

「ベックフォード様やレオハール様、リセッタ様に取り入ろうとはなんと薄汚い！」

「恥を知れ！　下民が！」

うーん、やはりお嬢様やレオハール様、スティーブン様やライナス様は特別だったか。

中身のない言葉に傷付くほど……か。

お嬢様の言う通りだな。中身のない言葉とは、こんなに虚《むな》しく響くのか。

それより、明日のお弁当何作ろうかな。

そういえばライナス様の苦手なものとかは聞いていない。

意外と好き嫌いが多かったらどうしよう。

レオハール様は砂糖が苦手と言っていたから、無難にピクルス抜きのハンバーガーかサンドイッチにするか。

ハンバーガーは面倒だな、サンドイッチの方がいい。具は何にしよう。

お嬢様は果物系がお好きだが、さすがに野郎どもに生クリームと果物のサンドイッチは物足りないだろう。

生クリームはレオハール様の苦手な砂糖がめちゃくちゃ入ってるし。

食材は明日、食堂の厨房《ちゅうぼう》に入荷するらしいから、早めに起きて確認しなければ。

「聞いているのか貴様！」

あ、まだいたのかこいつら。

ヤバイ、全然聞いてなかった。

「何を騒いでいる！」

「！」

あ、ライナス様。丁度いい、明日の弁当のリクエストを聞こう。

「わ、我々は、ただ、身の程を弁《わきま》えろと……」

「つまらぬ事を！　アミューリアで学ぶ者は等しく、国の為に尽くすべく能力を高めねばならない！　身分の事を掲げるのなら、それに見合う実力を示せ‼」

「うっ」

おお、まるで蜘蛛《くも》の子を散らすように……。

「大丈夫か、ヴィンセント」

「ライナス様、丁度良かったです。お弁当のリクエストはありますか？」

「うん⁉」

「サンドイッチですか？　わぁ、私、チーズがいいです！」

食器を片付けて席に戻ると、ライナス様だけでなくスティーブン様も座っていた。

どうやら俺が絡まれているところを発見したスティーブン様が、ライナス様を連れて来てくれたらしい。わざわざ申し訳ない事をした。

「ライナス様は苦手なものはありますか？」

「俺か？　俺は……野菜全般が苦手だ」

「子どもか」

「よ、よく言われるが、味気なくて苦手なのだ」

つい素で返してしまったが、ライナス様は気にされていないようだ。

つーか、野菜苦手ってサンドイッチほぼ否定じゃねーか。

「分かりました、ご安心ください。お野菜も美味しく調理してご覧に入れます」

「野菜が美味く？　な、なるのか？」

「ライナス様のお家のシェフはちゃんと免許のある方なのですよね？」

「ああ。ただ、祖父の代から変わっていなくてな。シェフは祖父の好きだった料理を一週間ローテーションで作るんだ」

「軽く地獄ですね」

「ああ、なかなかにな……」

仮にも公爵家のご子息がロクなもん食ってねーな。

手の込んだものは時間がないから作れないが、さっきの礼もあるし、野菜たっぷりサンドイッチにして味覚に革命をもたらしてやろう。

「それにしても、ヴィンセントは凄《すご》いな。剣や弓の腕も立つ、馬術も料理も出来る、座学も男子ではトップだった。とても使用人とは思えん」

「執事の嗜《たしな》みです。それに座学の点数はレオハール様やスティーブン様も同じでしたよ」

「リース家の執事は、剣や弓や料理も嗜むのですか……？」

「主人の為に戦う事もあるやも知れぬ、と義父《ちち》の教えです。料理は趣味ですが、馬術は移動手段の延長（と、お嬢様の趣味も兼ねている）ですかね、一応馬車の御者も務めますので。座学はお嬢様の従者として、恥ずかしい振る舞いをしない為に学びました」

「うわぁ……、ますますセスのようです……!!」

セス？　あ、ああ、スティーブン様ご愛読の恋愛小説の登場人物か。

目をキラキラさせているところ悪いのだが、貴方も乙女ゲームの攻略対象ですからね？

と、言えればどんなに楽か……。

「それはそれとして、レオハール様はお戻りになられたのですか？」

昼間、城に呼び出されてから、結局学校には戻ってこなかったよな？

それを聞くと、スティーブン様が俯《うつむ》いてしまう。

「……多分、お城でお休みになると思います……。マリー様は、レオ様に本を読んで貰《もら》わないと、夜、眠れないらしいので……」

「「は？」」

俺とライナス様の声が被《かぶ》る。

き、聞き間違い、だよな？

「ほ、本？」

「ええ……。ですから、レオ様には、よく本をお貸しします……。マリー様が、お好きそうなものを……」

あ、ああ、それでレオハール様も恋愛小説を……。

「……そのうちの何冊かは戻ってこなかったので、レオ様が買い直してくださいました……」

借りパクされてんの⁉

「ま、待ってほしいリセッタ。マリアンヌ姫は今度十四歳になられるはずでは？　寝る時に本を読んでもらうなど、幼児ではないか」

俺があえて聞かなかった事をストレートに！　ライナス様！

「た、たまにレオ様に添い寝するようせがむそうですから……本ならまだ良いかと……」

「⁉　大丈夫ですか、その姫君……」

「レオ様もお断りしているんです……。けれど、レオ様はお立場が、それほど強いわけではなくて……その、だから……断り切れず……」

押し切られるのか。

でももうすぐ十四歳なのに、お兄ちゃんをベッドに引きずり込むって、もはや違うゲームじゃないか？

俺も妹が前世にも今世にもいるから、心の底から恐ろしい‼

「…………あれ？　女の子の声が聞こえませんか？」

あまりの事に押し黙る俺とライナス様。

それで食堂が静かになり、スティーブン様が食堂の入り口を見る。

ちなみに公爵家子息と侯爵家子息のお二人がやってきた為、食堂に残っていたその他の貴族はそそくさと去った。

つまりここには俺たちだけだ。

いや、そもそも男子寮に女の子の声？

スティーブン様は目の前にいるし？

「見て参ります」

「俺も行こう」

「わ、私も……」

なぜか三人で見に行く事に。

食堂を出て、すぐに声が慌ただしい事に気付く。

そして、声に聞き覚えもある。


「や、やめてくださいっ！　わたし、義兄《にい》さんに用があって来たんです！」

「へえ？　用ね。メイドの分際でこんなところにこんな時間に、どんな用なんだ？　すぐ終わるから、いいから来い」

「嫌！　義兄さん！」

嫌がるマーシャの手を掴《つか》み、無理やり連れて行こうとするのはエディン。

ああ、笑顔が引きつるぜ。

「こんばんは、エディン様。私の義妹《いもうと》に何か御用向きでも？」

「ひぃぃ!?」

「義兄さん！」

俺と同じく状況を把握したライナス様が飛び出す前に、俺は華麗に素早くエディンの肩を掴む。

引っぺがすまでもなく自分から離れてくれたので、マーシャとの間に割って入った。

だが、この場合女人禁制の男子寮に入ってきたマーシャも悪い。

こいつも、後で説教だな。

「な、なんだ貴様！　また俺の邪魔をしに来たのか!?」

「コラァ！　ディリエアス貴様！　無理やり女性を連れて行こうとするとは何事だー！」

「げっ、ベックフォードッ。生活指導員かあいつはっ」

「エ、エディン。今のはさすがに引きます……」

「やかましいっ！　大体、メイドがこんな時間にここにいれば、そういうお役目で来たと思うだろう！」

「思うか!!」

「お、思いませんよ。最低です……」

「貴族の殿方が皆、このお二人のように紳士ばかりではないんだぞ。どうして来たんだ？」

「義兄さんに聞きたい事があって……」

「え」

「「「え？」」」

え？　なんでみんな驚くの。俺何かおかしな事言った？

あ、いや、まずマーシャか。

「俺に聞きたい事？　だったら寮の管理人に言伝《ことづて》なり手紙なり渡せば良かっただろう？　そもそも男子寮は女人禁制だから、お前は入って来ちゃダメだって言ったよな？」

「そんな手が！　義兄さん天才……!?」

「ここに来る前言っただろう！」

だからメモしておけとあれほどっ！

「ヴィンセント、お前、妹がいたのか!?　似てないな!?」

ライナス様、素直過ぎか。

黒髪黒眼の俺と金髪碧眼《へきがん》のマーシャじゃそう思うよな。

なんだ、そこに驚いていたのか。

「似ていないですよ、血は繋《つな》がっていませんから。義妹のマーシャです」

「…………」

「ご挨拶《あいさつ》」

「ふごふっ！　ま、マーシャ・セレナードですっ！」

何をぼーっとしているのか。相手は公爵家子息二人と侯爵家子息だぞ。

チョップしてやっと挨拶したマーシャに、公爵家子息二人がやけにぼんやりとしている。

なんだ、そんな呆《ほう》けるほど信じられないのか？

「わ、わあ……黒髪黒眼と金髪碧眼の義兄妹《ぎきょうだい》……。ま、まるで『氷の王子と微睡《まどろ》み姫〜兄妹騎士の果し合い〜』みたい……‼」

それはまた恋愛小説か何かだろうか？

スティーブン様、本当に恋愛小説がお好きなんだな。

「こ、『氷の王子と微睡み姫〜兄妹騎士の果し合い〜』！　わ、わたしも読んだ！　氷の王子様の騎士様ルイシスと微睡みの姫の騎士でルイシスの妹エレナーデでしょ⁉」

「⁉」

「そ、そうです！　微睡み姫に心奪われた、感情の希薄な王子に仕える氷の騎士ルイシス。そして、魔物に両親を殺され、ルイシスの父に助けられ引き取られた女騎士エレナーデ……！」

「微睡み姫はルイシスを好きさなるんだけど、エレナーデは氷の王子様が好きになっちゃうんだよね！」

「そうなんです！　そしてルイシスはエレナーデを義妹と思えなくなって……」

「絶妙な四角関係が切なくて切なくて！」

「はい！　中盤にエレナーデが、王子が心を寄せる姫の為、ドラゴンの討伐に向かう事を決意し、それを案じたルイシスが王子の護衛を放り出し、エレナーデを追ってしまうシーンは特に切なくて……」

「分かるー！」

チョップ。

「はぐふっ！」

「馴《な》れ馴れしい。……で、盛り上がっているところ悪いが用件は？」

「あ……あの、その……コ、コレ……」

「？　俺の書いたメモじゃないか」

マーシャの事だから色々とど忘れするだろうと思って、事前にお嬢様の為にするべき日課を書き出して渡しておいたものだ。

分かりやすく書いたつもりだったんだが、どこか分からない事でもあったんだろうか？

「お、お茶の淹《い》れ方を教えてください……」

「…………三回程、お茶を淹れられるか確認を取った記憶があるんだが」

「じ、自分の分みたいに淹れる訳じゃない、か、ら……」

「…………それと、その指に巻いた絆創膏《ばんそうこう》は？」

「こ、これは、朝ごはんを自分で作ったんだよ！　サンドイッチ！　ハムを切る時に……」

「クッキーもまともに作れないお前が包丁を使ったのか!?　馬鹿か！　無謀な！　……ん？　待て、使用人宿舎にも確かシェフはいたはずだよな？　どうして自分で朝食を作った？」

「ぎくっ！」

「ああ、寝坊したんだったな？　でもまさかシェフがいなくなるような時間まで寝過ごしたのか？ほ～う？」

使用人宿舎のシェフは、使用人用なので朝が早い。

俺は使用人宿舎でお嬢様のお弁当を作るつもりだったから、事前に調べておいたのだ。

使用人宿舎の食堂は、朝六時から九時、昼は十三時から十六時、夜は二十時から二十三時。

それ以外の時間は、厨房《ちゅうぼう》は自由に利用していいが自分で作らなければならない。

使用人なので皆、最低限の調理スキルはある。……こいつ以外は。

「今からでも遅くないからお屋敷に帰るかポンコツメイド」

「ヤ、ヤダーッ」

＊＊＊

「――で、蒸らす。蒸らし時間は茶葉の量、大きさ、種類、飲む方の好みで変わる。今回使ったのは細かくした茶葉だから、おおよそ三分から五分。秒で味が変わるから、時計を見ながら蒸らす事」

「は、はい！」

お嬢様へ美味しいお茶を淹れたい、と言われれば俺だって断るわけにはいかない。

男子寮の食堂の厨房を借りて、マーシャにお嬢様の好みのお茶の淹れ方を伝授する。

あ、ちなみに男子寮の管理人さんには、マーシャにお茶を淹れる訓練を付けるので、それまでの滞在は許可してもらった。

合間合間、しっかりメモを取る真剣な眼差しに一度頷《うなず》いて、懐中時計で時間を計る。

だが、それにしても気になる事がもう一つ。

「で、御三方はお部屋でお休みになられなくてよろしいのですか?」

なぜか厨房のカウンター越しに、スティーブン様、ライナス様、エディンがこちらを眺めている。

寝ろよ、お偉い貴族様方。もう二十一時回るぞ。

「はぁ、勿体《もったい》ない。こんな美少女が暴言執事の〝いもうと〟とはな……」

このスケベ野郎、まさかまだマーシャを諦《あきら》めてねーのか？　やっぱ暗殺か？　しかしまだ準備が整ってないんだよなー。埋める場所の確保とか、方法とか、諸々《もろもろ》。

「わ、私は、もう少し、マーシャとお話をしてみたいな……なんて……」

「あ！　わたしも！」

「集中しろ」

「ご、ごめんなさい」

スティーブン様、確かに話の合う友達は男子寮では見付かりづらいでしょうが！

ヤベェ、頭の痛い事になったな。

「ヴィンセント、ちなみにその茶は淹れたあとどうするんだ？」

「……蜂蜜《はちみつ》茶にして差し上げましょうか？」

「い、いいのか⁉」

分かりやすいんだよ、ライナス様……。

「え、いーなー、蜂蜜茶。わたしも飲みたいっ」

「お前なんぞに高価な茶葉はもったいない。蜂蜜ミルクで十分だ」

「わぁい！　義兄さん大好き！」

「騒ぐな、やかましい。ほら、蒸らし時間が過ぎるだろう」

「は！　はいっ！」

「は、はちみつミルク……」

「………………」

食堂で羨《うらや》ましそうに指を咥《くわ》えるスティーブン様。

ああ、もう、ハイハイ。ライナス様ばっかりずるいですよね。お作りしますよ、スティーブン様の分の蜂蜜ミルクも！

でも、夜なので紅茶より安眠効果のあるローズティー。

お嬢様が夜に一番好んで飲まれているお茶だ。

これに蜂蜜入れても平気かな？　まあ、不味くはならねーだろ、多分。

「どうぞ、ライナス様。マーシャが淹れたものなので、お味の保証はしかねますが」

「おお！　ありがとう！」

「義兄さんひどいっ！」

「ほら、お前には蜂蜜ミルク」

「わあい、ありがとう義兄さん！」

我が義妹ながらチョロい。

「スティーブン様もいかがですか？」

「い、いいんですか？　あ、ありがとうヴィンセント……っ」

笑顔が可愛い。

恐ろしいお方だ、スティーブン・リセッタ！

「おい」

「ナンデスカ、エディンサマ」

「なんでこの二人には飲み物があって俺には出ない⁉」

「むしろなんでご自分の分も出てくると思ったんですか？　胸に手を当てて己の行いを振り返ってみてください」

「き、貴様っ！」

「どうしてもと言うのならお嬢様との婚約解消を約束して即実行してください。蜂蜜ミルクくらい出して差し上げますよ」

「あれは俺ではなく父上が進めた婚約だ！　父上に言え！」

む、道理……。

「うん、美味い。だが、ローナ嬢の誕生日会で飲んだものの方が、やはり美味かったな」

でしょうね。

あちらは来客用のリース家最高級茶葉と、リース家養蜂で採れた蜂蜜を使ってますからー。

レオハール様も虜《とりこ》にする美味しさは、リース家印で瓶詰め販売すればさぞや儲《もう》かると思……あれ？　いけそうな気がする。

いや、まだ養蜂家の質が安定してるわけじゃないから無理かな。

「時にヴィンセントは、ディリエアスとローナ嬢の婚約を解消させたいのか」

「理由は申し上げずとも、分かって頂けるかと」

「うん、まあ、そうだな」

「そうですよね……」

「なんだその言い草！」

察して頂けて何よりだ。

新たに蜂蜜ミルクを作って、仕方ないがエディンにも出してやる。

マーシャがおかわりを言い出す前に、飲み干したカップを横取りして淹れてやった。

はぁ。なんか世話する奴らが増えたような気がする。

俺はお嬢様のお世話をしたいのに……。

「しかし、クズ……エディン様のお父上様に私が交渉しようにも、そう簡単にはお会い出来ませんしね……」

「義兄《にぃ》さん、エディン様ってお嬢様の婚約者のクズ野郎だよね？　会ったのけ？」

「お前は何をトンチンカンな事を言ってるんだ？　目の前にいるだろう」

「え？」

俺だけでなくマーシャにまで「クズ野郎」呼ばわりされたエディンは、蜂蜜ミルクの入ったカップを片手に不服そうな顔をしている。

整った顔は引きつっているが、実際ゲス行為の被害者となったマーシャからすれば印象は最悪だ。

最悪と最悪の印象が交わった時……。

「お、お前がお嬢様を五年も放置しくさったサイッテー男だったんけ⁉　し、死ね‼」

「なっ！」

「そう言われても致し方のない事をしてきましたからね……エディンは」

「う、うるさいっ！」

「今日まで無事だった事をお嬢様に感謝しろ」

「なんでだよ！　っき、貴様ら！　使用人の身分で！」

「この場に蜂蜜ではなく、死なない程度の苦痛を与えられる拷問用の毒でもあれば、今のお茶に盛っていたのですが……はあ、残念です」

「!?」

毒なんて盛ってないですけど、と、もう一度つけ加えてやるが、エディンの表情は青い。ついでにマーシャの顔も青い。自分が飲んでるものに、そんなもん入ってるのか、と不安になったんだろう。

だから入れてねーよ。

「しかしそれならばローナ嬢に、ディリエアス公爵へ手紙を書いてもらい、婚約解消を頼んで貰《もら》えばいいのではないか？」

「お嬢様からのお断りの時期は、過ぎてしまっているそうなのです」

それは何度も頼んだ。

主に誕生日にエディンが来ない事を理由に、何度も！

だがお嬢様は、恐らくディリエアス公爵というよりレオハール様を意識している。

レオハール様に、頼まれたから。

今更だがあれがジワジワ効いてきてる！　レオハール様がお嬢様に「味方になって欲しい」と言った事。

正直、今日のあのレオハール様のお姿を見てしまったら、お嬢様がレオハール様の味方でいたいというお気持ちが若干分かってしまった！

同情を禁じ得ない。

くそ、さすがメイン攻略キャラ人気不動の№1！

お嬢様のお心まで摑《つか》んでいる！

「やはりエディン様には潔く亡き者になって頂くしかないでしょうか？」

「は、はぁ⁉」

「あっ、あの……それなら、エディンの問題行動を、リース伯爵様にご報告して……伯爵様からディリエアス公爵様に『こんな男に娘はやれない』と、お手紙を書いて頂く作戦はどうでしょうか……？」

「天才ですかスティーブン様！」

「ス、スティーブお前ぇ！　どっちの味方だぁ⁉」

そうか、その手があった！　旦那《だんな》様経由ならお父上同士のお話し合いになる！

お嬢様とエディンの婚約話以前はディリエアス公爵に旦那様が一方的に嫌われていたようだが、婚約後は旦那様とも月一で行われる領主報告会議に城で会うと、必ず言葉を交わされるくらい関係は改善されている！

更に、毎年お嬢様の誕生日や年末年始、王誕祭などにはディリエアス公爵からお手紙とプレゼントが届く！　息子からは、本当に本人が書いているかも怪しい形式的な手紙のみなのに！

どうか息子を頼むと切々と書かれているその手紙は、ダメ息子を叱《しか》る事も出来ない馬鹿親ならではの心情が滲《にじ》み出《で》ていて非常に心苦しくなるものが――！

「いや、やっぱりテメェの性根を叩《たた》き直す！　お嬢様の事もあるが、自分の父親をあんなに苦しめて良心は痛まねーのかこの親不孝なダメ息子!!」

「い、いきなり何の話だ!?」

「覚悟しろ！　必ず性格矯正してくれる!!」

「な、なっ……」

「よ、よく分かんねーけど、義兄さんがんばれー！　わたしは義兄さんを応援するよーっ！」

「俺も協力するぞ！　ヴィンセント！」

「わ、私も……出来る事があるのなら……」

「なんなんだ貴様ら！　余計なお世話なんだよっ！」


と、話はこれでまとまったわけで。


「ほら、これ」

「？」

宿舎に帰るマーシャに、トレイに載せた蓋《ふた》の付いたカップを渡す。

不安はあるが、こいつにしか頼めない。

「お嬢様はまだ起きている時間だ。蜂蜜ミルク……」

「！　分かった！」

「気を付けて運べよ」

「うん！」

許可は事前にもらっているので使用人宿舎には行けるが、さすがに女子寮には行けないからな。

男子寮同様、女子寮は男子禁制。使用人であってもそうやすやすと男は入れない。

うう。明日もまた会えるとはいえ、お嬢様の朝食の準備をしたり食後のお茶をお淹れ出来ない事が、こんなにも辛《つら》いなんてっ！

「あ、スティーブン様！　恋愛小説について、今度絶対語り合いましょーね！」

「！　は、はいっ」

マーシャに友達が出来た。

よもやスティーブン様と友達になるなんて。

うーん、『ヴィンセントルートのライバル役』とスティーブンって、関わりあったっけ？　ないよな？　どう考えても接点がないはずだ。

どうしてこうなった？

「では、馳走《ちそう》になった！　おやすみ」

「はい、おやすみなさいませ、ライナス様」

「わ、私も寝ます。ご馳走になりました……ま、また明日……」

「はい、おやすみなさいませ、スティーブン様」

ちなみにエディンの野郎は飲み終えたカップを置いてそそくさと先に退散した。

明日から奴の矯正。さて、どうしてくれようか……。

「きゃあ！」

ガッシャーン！

音に振り返るとまあ、予想よりも速いスピードでやらかしやがったマーシャの姿。

見送ったはずのライナス様とスティーブン様まで振り返って、呆気《あっけ》にとられている。

「……はあ……」

だがその前に、俺はまだ休めそうにないんだよなぁ…………。

『番外編【レオハール】』

「遅い！　何をしていたの⁉」

「ごめんごめん。けれど、僕は今日から学校へ行くと言ったじゃないか。君は昨日、我慢するって約束したよね？　マリー」

「そんなの、昨日で効果切れよ！」

「えぇ〜……」

天井を見上げた。

おいおい、僕は昨日確かに「明日から学校だから、お休みの日以外はマリーと遊べないよ」って言って、君は「わかった」って了承したじゃないか。

もう何を言っても無駄なのは分かってるし、半分くらいこうなる気はしていたけれど。

「そんな事より早く席に着いてよ！　今日は美味しいケーキの日なんだから！」

「マリー、お茶が終わったら僕は授業に戻るからね？」

「はあ⁉　ダメよ、何言ってるの⁉　お兄様は今日もマリーと遊ぶの！　昨日の続きをするのよ！」

「マリー……」

「うるさい！」

勢いよくテーブルを叩く異母妹《いもうと》。

肩を跳ねさせる侍女たち。

……ああ、本当に頭が痛い。

これ以上癇癪《かんしゃく》が悪化すると、彼女たちも可哀想だ。致し方ない。

「お兄様はマリーの言う事を聞いていればいいのよ‼　どーせここ以外にお兄様の行くところなんてないんだから！　誰のおかげで今の暮らしが出来ていると思ってるの⁉　無駄口叩いてないで早く座って！」

「はいはい」

勉強嫌いで、僕と居ない時間も遊び呆《ほう》けていると聞いているけど、どこでこんな言葉を覚えてくるんだろう？

あれかな、少しでも僕の自由時間を確保する為に読ませるようになった恋愛小説かな？

うーむ、そう考えると恋愛小説も考えものだなぁ。

ますます姫らしくなくなってしまった気がする。

言われた通りに席に着いて、侍女の淹《い》れたお茶を飲む。

異母妹、マリアンヌは甘いものを大層好む。

だからお茶には、砂糖を山盛りで三杯。白い陶器に入った、真っ白な粉に吐き気を覚えた。

「はい、お兄様」

「ありがとう」

正直、よく平然とその粉をお茶に混ぜて飲めるな、と毎度感心してしまう。

僕は、母があの白い粉状の毒を飲んで、目の前で苦しみもがきながら亡くなっていったから、いつもとても恐ろしい。

甘いもの好きな君に、毎日強要される度にその事を思い出すから、砂糖というものは余計に恐ろしく、そして嫌いだ。

一杯半。僕の最低限の譲歩。

「相変わらず少なくない？　お兄様、そんなんでお砂糖の味がお分かりになるの⁉」

「この絶妙さがいいんだよ。マリーももう少し大人になれば分かるんじゃないかな？」

「何よ！　二つしか違わないのに、大人ぶらないでよ！」

「ああ、そういえばもうすぐマリーは十四歳のお誕生日だね。プレゼントは何が欲しい？」

「えっとね……新しいドレス！　それから、靴とネックレスと、イヤリングも欲しいし！」

多っ。そんなの腐る程持ってるじゃないか。

まさかまたサイズアップしたのか？　小さな頃よりふっくらしてきたけれど、大丈夫なのかな。

あまり膨らみすぎると女王としての見栄えが悪くなると思うんだけど。

まあ、言ったところで無駄だよね……。

「あー、でも一番欲しいのは、このそばかすやニキビを治すお薬かしら。ねえ、お兄様！　探してきて！」

「うん、分かったよ。それにしてもマリーももう十四歳かぁ。早いなぁ……」

早く成人してくれないかな。それまでにはあと六年もある……。

だけど、マリーも来年は十五歳。この子も再来年にはアミューリアに入学する年だ。

少なくとも男子禁制の女子寮に入れば、この苦痛でしかないお茶会はなくなる、はず。

あと二年……頑張れ僕。大丈夫、いけるいける。

「それで、婚約者は決まったのかい？」

早く僕の代わりに、この子の相手をしてくれる婚約者が決まればいいのに。

そう思い続けて早四年。

案の定というか、そんな気はしていたけれど、同い歳の男の子は、誰もこの子の婚約者に名乗りを上げない。

おかしいよね、次期女王の夫候補なのに。

「ぜーんぶお断りしてやったわ！」

「ええ？　どうして？」

「みんなマリーの上辺しか……髪やドレスしか褒めないからよ！」

他に褒めるところがなかったんだろうね……。

「失礼しちゃうわ！　もっと内面を見てくれる男じゃないと、マリー、結婚してやらない事にしたの！」

生涯独身を貫くつもりか？

それは困る！　色々と！　僕の精神がもつ気がしない。

「そうだね。けれど早く婚約者を見付けないとね。マリーはこの国の女王になるんだから。王家の血を繋《つな》ぐ事は、マリーの仕事だよ」

「分かっていますわ！　あーあ、お兄様が赤の他人なら良かったのに～。そうしたらマリー、お兄様と結婚出来たのにな～」

考えただけで恐ろしい。

血の気が引くっ。一応血が繋がっていて良かった。

「お兄様もそう思うでしょ!?」

「でも無理だよ。マリーにそう言ってもらえるのは光栄だけど、マリーはこの国の未来を背負う立場なのだから。ちゃんとした夫を見定めなければいけないよ？」

「分かってる！」

ほんとかなぁ……。

「ちゃんと立派な女王になって、元気な赤ちゃんを産むわ！　だからお兄様はずーっとマリーの側《そば》にいるのよ！　結婚するのも、マリー以外を好きになるのもダメだからね!?」

「はいはい、分かっているよ」

＊＊＊

結局、いつも通り死ぬほど長いお茶会は夕飯まで続いた。

マリーの我儘《わがまま》で一緒に夕飯も食べ、明日の朝食も一緒に食べる事が決定してしまう。

男子寮には帰れず、しばらく戻らないと思っていた城の自室のベッドへ横たわる。

まあ、呼び出された時点で、そんな気はしてたけどね。

「レオハール王子、お休みのところ申し訳ございません。マリアンヌ様がお呼びで……」

「………。はーい、今行くよー」

風呂《ふろ》から上がるなり呼び出しかい。

扉を開けると、侍女が大変申し訳なさそうな顔で待っていた。

君たちも大変だよね。

「また寝る前に本を読めっていうんだろう？」

「う……は、はい」

「大丈夫、分かっているよ。わざわざ呼びに来させて悪かったね」

「そ、そんな。とんでもない事でございます」

流石に最近は年頃なのもあり、一緒に寝ようとは言われなくなったけど、寝る前に本を読み聞かせるのも割ときついんだよね。

同じ本は文句言われるし、続き物だと寝付かないし。

歳を考えると童話は読めない。

そろそろ一人で寝られるようになって欲しい。

本来その段階はとっくの昔に迎えていていいはずなのだが。

そう思いながらもマリアンヌの部屋へ行き、彼女の部屋の本から、今夜読み聞かせるものを選ぶ事にした。

「マリー、リクエストはある？」

「えーっとねー『赤い血の頭巾《ずきん》姫』」

「……なにその怖い題名。ホラー？

寝られる？　本当に寝られるの？

「マリーももうすぐ十四歳だから、一人で寝られるようにならないとね」

「分かってますわ。十四歳になったら寝られるようになりますーっ」

……それ八年くらい前から言ってるよね……。

「あ！　そうだわお兄様！　マリー良い事考えたの！」

「え？　なぁに？」

ベッド横の椅子に腰かけると、毛布からにこやかなマリーが起き上がって出てきた。

わあ、なんだろう『良い事って』～。

嫌な予感しかしないなぁ～。

「お兄様、男子寮からじゃなくてお城から学園に通えば良いのよ！　どうせ馬車で三十分位でしょう!?　そうすればマリーと一緒に朝ご飯を食べられるじゃない？　あとは三時にお茶を飲みに帰って来れば、夜まで一緒！　マリーってば賢い！　ね！　良い考えでしょう!?」

……うん、思っていた以上にロクでもない事を思い付いたね。

「マリーと一緒にご飯を食べたら、僕は遅刻してしまうよ。朝食は三十分早めに食べなければならなくなる。マリーは早起き出来る？」

「三十分くらい平気よ！」

「そう？　本当に？」

「学園の始まる時間をずらせば良いんだから！」

「…………ん？」

ん？　んんん⁇

学園の始まる時間をずらせば良いとか、聞こえたような……？

「そうすればお兄様は遅刻しないし、マリーと一緒にいつも通りご飯を食べられるでしょ？　マリーって天才よね！」

「……ん、んん？　そ、それは……」

「……嫌なの？」

…………まずい。

顔に出てしまった。

「嫌なの？　お兄様？」

「……い、嫌とは言っていないよ。ただ、それは僕以外の大勢の人に迷惑がかかってしま――」

「だったらお兄様は学園なんて行かなければいいのよ！」

あちゃあ、始まってしまった。

「お兄様はずっとマリーと一緒にいればいいの！　本当はお兄様がマリー以外の人と一緒にいるのも嫌なのに、マリーはちゃんと我慢してるのよ⁉　お兄様なんてつまんない使用人の子どものくせに、マリーに口答えするなんて生意気っ！　お兄様はマリーのものなんだから！　マリーの言う通りにしていればいいのよ‼」

「うん、分かってるよ……」

本当にどこでこんな言葉を覚えてくるのやら。

ああ、すっかり手足が冷えた。

「ほら、少し落ち着いて。深呼吸して、マリー。未来の女王がそんな怖い顔をしていてはダメだよ。……えーと、本はこれで良かったかな?」

「うん……それ」

「じゃあ読むよ。横になって、目を閉じて」

＊＊＊

たくさん叫んだせいか、思いの外マリアンヌは早く眠ってくれた。

本を棚に戻して、灯《あか》りを消す。

部屋から出ると三人の侍女が強張《こわば》った顔で僕を見つめた。

そんな彼女たちへ、微笑みかける。

「大丈夫、寝たよ」

「あ、ありがとうございました……」

「あの……」

「そうだ、今日マリーがお茶会で残したお菓子、君たちで食べちゃいなよ。まだ残っていただろう?」

「え?」

「で、ですが……」

「いいからいいから。お菓子勿体《もったい》ないじゃない？　あ、でも、他の子たちには内緒でね」

ウインクして、茶化す。

何か言いたげだった彼女たちの表情が明るくなる。

王族の食べるお菓子なんて、さすがに城の侍女たちでも食べられるものではないからね。

でも、破棄するには勿体ないじゃないか。

僕は砂糖が嫌いだけど、お菓子にはなんの罪もない。

お菓子を一生懸命作った職人にも。

「ありがとうございます、王子様っ」

「ありがとうございます！」

「ありがとうございます、レオハール王子！」

「おやすみ～」


自室に戻り、扉を閉める。

向かったのはベッドではなく、窓。

窓ガラスに映る、王族に多いと言われる……金髪壁眼の容姿。


王子様、か。

「……王子様になんて生まれたくなかったなぁ」

四章

『俺と王子と魔力適性検査』

「おはよー」


入学式翌日。

一時間目の授業が終わった教室に、レオハール様は現れた。

何か心なしか、げっそりしているような……。

「お、おはようございます、レオ様。大丈夫ですか……？」

「大丈夫大丈夫。ほら、僕なんでも出来るから。あっはっはっはっはっ……」

「え、ええ？　な、何に対するフォローですか……？」

レオハール様に真っ先に近付いたスティーブン様。

大変心配そうに見上げる姿は、まるでレオハール様の彼女のよう。

そんなんだから『レオハール×スティーブン』が……いや、もう言うまい。

それよりもレオハール様の笑ってる姿が逆に怖ぇ。

「明日以降、二時間目からの出席になるんだよね。教員たちにも説明していたから遅れてしまったよ～」

「ええ……？　どうしてですか……？」

「……マリーの朝ご飯に付き合う事になったからだよ」

「……………………」

聞き耳を立てていた教室内が静まり返る。

昨日の実力テストで席替え済みな事をちゃんと覚えていたレオハール様。

スティーブン様にご自分の席を聞いているが、お席は一番前のまま。

その席に鞄《かばん》を置いて、身体中から吐き出すような溜息。

「それと、十四時半には帰る事になったよ」

「お、お茶のお時間ですか……」

「うん……」

うええ……。ま、マジで？　昨日の反省を踏まえ、事前に帰るって事？

「それじゃ午後の授業は一つだけしか出られないな」

「うん」

レオハール様の真横の席になったエディンが片肘《かたひじ》をつきながら話に加わる。

午前は二時間目から。午後は一時間だけ出て城に帰宅？

大層ハードなスケジュールではないだろうか？

それにいくら王族とはいえ、そんなんで授業についてこれるのか？

「そんな……お勉強が遅れてしまうのでは……」

「大丈夫大丈夫、多分『記憶継承』のおかげで結構知識に関しては問題ない、はず……」

あ、冒頭のなんでも出来るから〜って、そ、そういう意味か。

「レオハール様、それはマリアンヌ姫様からのご命令なのですか？」

話に割って入るのはライナス様。

ちなみにライナス様はレオハール様の後ろの席である。

「うんまぁね。まだ陛下にはこの旨話していないから、ずっとそのサイクルになるかはまだ分からないけれど……」

「仮にも次期女王と言われる方が、兄君である殿下の学ぶ時間を奪うのはいかがなものでしょうか？」

「ん〜……でも、僕が付き合わないとアミューリア学園の始業時間そのものを遅らせるとか言い出したからねぇ。そんな事されるより、僕一人の勉強が遅れた方がマシだろう？」

「は……？」

笑顔で何か言い出したぞ？

え？　なっ、は？　き、聞き間違いか……!?

「レオ……そろそろ陛下に本気でマリー姫の我儘《わがまま》を何とかしてもらう時期じゃないか？　家臣が付いてこなくなるぞ」

「陛下かぁ。僕も半年くらいお目通りしてないんだよね〜。公務はこなされているみたいだけど、僕は陛下が城のどこで何してるのか知らないしな〜。宰相のアンドレイなら知ってるんじゃない？」

「マジかよ……」

ウェンディール王家、闇が深い……‼

ゲーム内でもヤバイご家庭の気配はしていたが、一国民になってみると冗談抜きで困るな！


…………いや……ちょっと待て……。


乙女ゲーム『フィリシティ・カラー』のメインシナリオ、つまり各キャラクター共通のシナリオで、レオハール様に王位を継ぐ意思はなく、唯一レオハールルートでのみ「ヒロインの為に王を目指す」ようになる。

他の攻略対象たち——例えばお嬢様が破滅しないエンディングの、ライナス様やスティーブン様たちのエンディングになってもレオハール様は王にならない！

つまりこのままだと、どうあがいてもマリアンヌ姫が女王になる。

それって、レオハールルート以外のキャラのルートに入っても〝この国そのもの〟がヤバイ事になるんじゃあないか……⁉


「…………ッッッ……」


か、考えもしなかった。

ゲームだから、ヒロインやキャラクターの〝その後〟なんてきっと『幸せに暮らしました。めでたしめでたし』だと思っていた。

でも、違う。

あののほほんとしたイケメン王子が王にならなければ――我儘放題好き放題のマリアンヌ姫が女王になる！

そんな事になったら、どこへ嫁に行こうがリース家に残ろうが、お嬢様にも国家規模我儘の余波が襲い掛かるのでは……!?

不安げな教室内。

この場にいるのは皆、将来その『女王』に仕える事になる貴族たち。

レオハール様の話を聞けば、誰だってそんな顔になるだろう。

うちのお嬢様は、やっぱり無表情のままだが……。

「陛下は戦争準備か？」

「まあ、そうだと思うよ。陛下は長年戦争を見据えて準備を進めてこられたからね」

「代理戦争か……。よりにもよって俺たちの時代に来るとはな……」

席を立ち、レオハール様に歩み寄るエディン。

戦争。

その言葉にスティーブン様は俯《うつむ》く。

「う、うむ……勝利国によってはマリアンヌ姫どころでは、ない、か……」

「そ……そう、ですね……も、もし『獣人国』や『シェリンディーナ女王国』が勝てば……きっとまた人間族は隷属の対象に……」

ライナス様が険しい表情で腕を組み、俯いたスティーブン様の横へ来る。

二人の言葉に、しーん、とお通夜レベルの空気。

代理戦争。正式には『大陸支配権争奪代理戦争』。

『フィリシティ・カラー』の設定を思い出すついでに調べた、世界の歴史。

人間族以外の種族の考え方。大陸を支配した勝利者のそれによる支配の仕方。

人間族は一度も勝利した事はなく、身体能力のズバ抜けて高い獣人族は強者こそ正義。

弱者には何の権利もなく、ただ強者の糧となるのみ。

魔力が高く女尊男卑の種族である人魚族。

この二種族が勝利して、五百年間支配されていた時期はとんでもなかったという。

人間族は文明を奪われ、隷属させられ、命も尊厳も踏みにじられて衰退する。

それでも五百年周期の代理戦争で、他の種族に無関心なエルフ族や妖精《ようせい》族が勝利すれば、自治権を回復させる事を認められて、文明を取り戻す。

今の支配種はエルフ族。

だがまた獣人族や人魚族が勝てば、同じような歴史が繰り返されるかもしれない。

それを避ける為にも、国王は戦巫女《みこ》を異世界から召喚し——まあ、それがゲームの趣旨なわけだが——つまりマジで勝たなきゃヤバイんだ、代理戦争は。

ゲームでプレイヤーは負けても痛くもかゆくもない。

セーブしたところからやり直せばいい。

レオハール様のおかげで俺もなんとかあの戦争には勝って、ノーマルエンディングだけど、クリアはした。

でも……今は――この世界はゲームじゃない。

レオハール様でも手に負えない我儘姫が女王になる。

あるいは、獣人族や人魚族が勝利したら……。

お嬢様はどうなるんだ？　隷属の対象にさせられたら平民はもちろん、貴族だってどうなるか分からない。

戦争で負ければ『人間族』という『種』そのものの存続危機。

〝この国がヤバい〟のは同じだが、規模が違う。

そうか、そう考えると……お嬢様に破滅エンドをもたらす恐怖の戦巫女《ラスボス》は、人間族にとっては希望そのもの。

でも、ゲームだと負ける事もあるし、もし負けた時はお嬢様だけでなく『人間族破滅エンド』って感じ？　あははははははは～…………いや全然笑えないよ、ガチで!!

え？　これ、戦争に勝たないと人間族自体がどんな扱いをされるか分からない『人間族破滅エンド』か、たとえ勝利種族がエルフや妖精で『ウェンディール王国』存続が決定しても、レオハール様を次期国王に据えないと『我儘女王による国家破綻《はたん》エンド』が待ち構えているのでは……？

この国の王族は『記憶継承』の要。

故に権威は絶対的。

戦争で負けたとて責任を取って王位剝奪《はくだつ》、とはいかないだろうし……。

い、いや、どんな事になろうが、お嬢様だけは俺の命に代えても守る！

戦巫女が召喚されれば、別な破滅エンドが待ち構えているが、ルート誘導さえ出来れば回避可能だし！

あとエディンと婚約解消させてエディンはボコる。

「レオハール様、その件で本日『魔力適性検査』を行うと、教師の皆様から言伝《ことづて》を預かっております」

突然凛《りん》としたお嬢様の声。

それが俺を現実へと引き戻す。

魔力適性……魔法を使える資質があるかどうかの、適性検査。

『極高』のレオハール様以外、メイン攻略対象の適正能力は『高』。

追加攻略対象は『中』。

俺は『高』のはず。

「ああ、あれ今日やるんだ」

「はい、レオハール様がいらっしゃってから行うそうです」

「なあ、レオ。人間が本当に魔法を使えるようになるのか？」

お嬢様の声を遮るように、エディンが、恐らく全貴族の疑問をレオハール様へとぶつけた。

お嬢様ですら、あの無表情さに神妙さが加わり、レオハール様を見る。

そうか、現時点で『魔宝石』の事はみんな知らないのか。

「研究が進んでると言っても、信じられないんだが」

「だよねー」

「だよねー、じゃ、なく。真面目に聞いてんだよ……」

「ああ、もしかして魔力適性が高い人間が代理戦争の『代表』になるって噂の事？」

「……まあ、それ含めだけど……」

「さあ？　どうせ僕は出るの決まってるから、興味がなくてよく聞いてないんだよね～」

あはははー。と、笑いながらまた爆弾投下したぞ、この王子。

「レ、レオ様、代表に、もうお決まりなんですか……!?」

「王族だし、僕はすでにたくさん検査をされていて、これまでの王族と比べても能力が飛び抜けてると言われてしまったよ。だからもう一人目けってーい！　まあ、魔力適性検査はまだだから、みんなと一緒に受けるけどね～。そんなわけで大丈夫～、適性が高くて代表にさせられる事になっても、僕が一緒だよ～」

……ええ～、マジかよこの王子、笑いながら言う事じゃねーだろ……。

そう言われて安心する奴は、そりゃ、確かにいるだろう。

少なくともスティーブン様はどこか安心したような表情だった。

心強くはあるが、不安は拭《ぬぐ》えないぞ。

少なくとも俺は。

＊＊＊

魔力適性検査は、魔法研究施設に移動して行われる。

小さな珠《たま》を持たされて、その珠の光り具合で適性が高いか低いか分かるらしい。

自分の適性がゲームの中で『高』だった『ヴィンセント・セレナード』である俺は、当然だが『高』だろう。

「次の者」

柔らかな声だがどこか有無を言わせぬ口調。

五列あるうちの、一番端の列に並んでいた俺。

俺の列を担当していた研究者兼教師に、前の奴が使った珠を渡された。

あれ？　こいつ……。


「？」

飴色《あめいろ》の長髪に緑の目。

そしてこの胡散臭《うさんくさ》いレベルで整った顔……。

「キャクストン……？」

「？　ああ、ボクの名前だよ」

胸元のプレートに書かれた名前。

うげ、マジか!?　攻略キャラの中でもレア！

そう、隠れ攻略対象、変態教師ミケーレ・キャクストン！

こ、こいつが！　げ、げぇ、まさかこんなところでエンカウントするとはっ！

「どこかで会った事あるっけかな？」

「あ、いえ、珍しいお名前だな、と」

「ああ、そうだね。ボクは平民出の『記憶持ち』だから。キャクストンは自分で考えてつけた苗字《みょうじ》なんだ」

「そ、そうだったんですね」

えー、知らなかった。けどぶっちゃけどーでもいいわー。

ネタバレで本性知ってるから笑顔が胡散《うさん》くせー。

「キミも平民出の『記憶持ち』だろう？　ヴィンセント・セレナードクン？」

「！」

カルテらしきものに目を落とし、俺の名前を確認した瞬間、目が輝いたのを見てしまった。

見たくなかった気もする。やだなー、すごく怖いわこの人。

「さあ、魔力の適性を測るよ。リラックスして。持っているだけでいいんだから」

「は、はあ……」

ぽとん、と手のひらに転がされる珠。

確かに。どーせ結果は分かってる。俺の魔力適性は――。


パァン！

……え、割れ……。

「割れた……？」

俺の手のひらに乗った瞬間、割れ……割れましたけど？


パァン！


「え？」

なんと俺のいる列の二つ向こうでも同じ音がした。

そこには呆気《あっけ》にとられたような顔のレオハール様。

俺と同じように珠が、割れた、のか？

「割れてしまったねぇ」

呑気《のんき》な声色で手元を眺めたレオハール様。

すると、俺の隣の人は……突如満面の笑みで両手を挙げる。

びっくりして肩が跳ね上がる俺とレオハール様。

「割れた！　割れたよ⁉　信じられない！　あははは！　割れたぁぁ！　ヒャアホッホホホホ⁉」

「キャクストン落ち着け！　ヤバイ発作だ！　出合え出合えー！」

「キャクストンが発作を起こしたぞー」

「？　⁉　？」

出合え出合え⁉　突然の時代劇⁉

研究者たちがわらわらどこからともなく出てきて、ケタケタと笑うミケーレ・キャクストンを雁《がん》字搦《じがら》めにし、ズルズル回収していく。

生徒たちの表情は俺以上にヤバイものを見てしまった顔になっている。

うん、まあ、ネタバレで本性を知っていたけど、俺もビビったわ。


思ってた以上にヤバいよあの人！


「そんな、珠が割れるなんて⁉　そんな事あるのか⁉」

「どういう事だ⁉」

「キャクストンを落ち着かせてから予測を立てさせろ！」

ざわざわ。

研究者たちの走り回る姿。

いや、それより俺とレオハール様を放置するなよ。

まだ検査を終えていない生徒もいるんだぞ。

「はぁ……」

俺の手のひらから零《こぼ》れ落ちた破片。

ガラス玉のような珠を仕方なくハンカチで拾い集めておく。

あぶねーな、突然割れるとか怪我でもしたらどうす――。

「レオハール様！　お怪我《けが》は⁉」

マーシャが皿を割った時の感覚を思い出した。

俺は幸い怪我などしていないが、王子のレオハール様に万が一怪我でもあったら！

俺の叫びに近い声に、周りの貴族たちもやっと我に返ったらしく、レオハール様に近付いていく。

「殿下、お怪我はっ」

「うん、血が出てるねー」

「なんと！」

「す、すぐに医務室へ！」

「申し訳ありません、ちょっと……」

「え？」

貴族どもをやんわりと退《ど》かし、レオハール様の手首を摑《つか》む。

確かに血が出ている。多分割れた拍子にかけらで切れてしまったんだ。

こういう場合はまず、綺麗《きれい》な水で細かいかけらを洗い流す。

「行きますよ」

「え？」

トイレに手洗い用の水壺《つぼ》があったはず。

レオハール様の手首を摑んだまま、引っ張って施設のトイレへと連れて行く。

そこで桶《おけ》に水を入れて、レオハール様の手を突っ込んだ。

「チッ、水道があれば楽なのに」

「なんて？」

「何でもありません。ちゃんと破片を洗い流さないと、破傷風に繫《つな》がりますよ」

「そうなのか。ありがとうヴィンセント。ん？　ヴィンセントってハンカチ何枚持ってるんだい？」

「万が一を考えて五枚ですね」

俺が二枚目のハンカチを持ち出したから疑問だったのだろう。

マーシャがたまに連続でドジをやらかすので、最低限五枚持つようになった。

その予備のハンカチで、レオハール様の手を包み、簡易な包帯として使った。

「とりあえずこのまま医務室へ行きましょう。消毒してちゃんと手当致します」

「ありがとうヴィンセント」

「いえ」

二回も礼を言われるとは……。

ほんと、ちゃらんぽらんに見えて律儀なお方だな。

「僕の顔に何か付いてる？」

「あ、いえ。今日のお弁当はサンドイッチです」

「本当に作ってくれたのかい？　わあ、サンドイッチ大好き～！　ありがとう！　楽しみだなぁ～」

無邪気な笑顔だ。

——でも……——。

「レオハール様も、全然違うんですね」

「何が？」

「笑顔がです。うちのお嬢様も無表情ばかりで、一見すると表情が分かりにくいのですが、やっぱりその時々で全然違う。レオハール様はいつも笑顔でいらっしゃいますが、その時々で『質』が全然違うのですね」

「へえ？　そんなに分かりやすいかな」

「いえ、分かりやすくはないですけど」

ただ、違うな、と分かる。

それだけだ。

「そうか、困ったな。もっと気を付けないと」

「なぜです？」

「笑顔だと都合がいいからさ。気付いていても内緒にしていておくれ」

「なるほど、分かりました」

王子様だからなんだろうな。ちゃらんぽらんに振る舞うのも、多分。

とんだ食わせ者だった、という事か。

＊＊＊

「で、検査結果は後日になったのか」

「はい」

お昼時。

普通なら食堂で食べるのだろうが、少々遠出して学園敷地内の薔薇《ばら》園にやって来た。

理由は……。

「分かる分かる！　それでその後に、エリーゼがドラゴンを一撃でやっつけるシーンがかっこいいんだよね！」

「はい、かっこいいですよねっ！」

アレだ。

スティーブン様のご希望で、マーシャと一緒に食べる事になったから。

さすがに同じものを同じ席で一緒に食べる事は出来ないのだが、例の語り合いをしたかったんだってさー。

「まあ、それはいいのですが……純粋な疑問としてなぜエディン様が自然に混ざっているのでしょうかー？」

「っ」

「僕が呼んだんだよ。仲間はずれは可哀想じゃな～い」

俺がお弁当――サンドイッチを作ってきたのはお嬢様、スティーブン様、ライナス様、そしてレオハール様にだ。

レオハール様からすればエディンがいない事は『仲間はずれ』になるのか。

幼馴染《おさななじみ》、侮れん。

「それは分かりましたが、ではどうしてレオハール様はおとなしく座っていてくださらないんですか？」

「え？」

「え、じゃありませんよ！　お茶やお食事の給仕は私が致します‼　なんでさも当然のようにお茶をお淹《い》れになられているんですかっ⁉」

「はっ！　つい、妹にやるノリで！」

俺の疑問は地雷という形で解決したが、もうやめて、その理由は居《い》た堪《たま》れない！

あとうちのお嬢様じゃあるまいし、貴族、まして王族がなんでお茶の淹れ方を完璧《かんぺき》にマスターしてるんだよ⁉

「でもせっかく淹れたし、飲む人〜？」

「貰《もら》う」

「では、わたくしも頂きます」

エディンとお嬢様が飲むってさ。

って、ええええ⁉　お嬢様には俺のお茶を飲んで欲しかったのに〜⁉

「ヴィンセントも飲んでよ〜。僕も結構お茶を淹れるの上手いんだよ」

「はい、実に完璧なお茶の淹れ方でした。マーシャの奴にも見習わせたいくらい。ありがたく頂戴《ちょうだい》致します」

王子に差し出されたら断れねーよ。

カップに注がれたのはカモミールティー。…………何これウマ！

ハーブティーは淹れるのに、意外とコツがいるけど、完璧だな！

「お茶っていいよね。ちゃんと手順通りに淹れると、美味しくなってくれて。裏切らなくて、いいよね」

「…………」

多分、俺にしか聞こえなかったであろうレオハール様の呟《つぶや》き。哀愁漂う笑顔が沁《し》みる。

なんだその悟り開いたような仏チックな顔。

俺、お茶淹れる時にそこまで考えて淹れた事ないわ。

「美味い！　ヴィンセント、野菜は美味いんだな‼」

そして口をリスのようにしてもしゃもしゃと野菜のサンドイッチを頬張るライナス様。

彼にはそっと蜂蜜《はちみつ》茶を差し出す。

それを一気飲みするライナス様に、動物園で気が抜けまくってるツキノワグマや、笹を食べるパンダ動画を思い出した。

ああ、なんて癒し系なんだライナス様。

王家の闇を忘れさせてくれる馬鹿面……。

何かレオハール様がライナス様を可愛がってる理由が分かった気がする。

「それは何よりでございます」

「僕も貰うね。はむ……。うーん、美味しいっ」

「レオハール様は座ってお食事なさってください」

給仕は俺がやる！　お嬢様の給仕は俺が！　お嬢様にご奉仕出来る数少ない時間！　よりにもよって王子に奪われてなるものか！

無理やり座らせて、残りのサンドイッチを確認すると……ん？　もうあれだけ？　減るの早！

「って、テメェには作っていませんけどクズ野郎」

「明日は俺の分も作ってくればいいだろう」

「図々《ずうずう》しいにもほどがあるな！」

「やかましい！　使用人の分際で！」

「エディン様、ヴィンセントはわたくしの執事ですわ。貴方の使用人ではなくてよ」

「そうだ！　俺はお嬢様の犬でありテメェの使用人ではない！」

「「……？」」

……ん？　なんか口が滑ったな？

お嬢様とエディンの表情、疑問符を浮かべているような……？　まあいいか。

「ん？　これは……ポテト？」

「ポテトサラダといいます。茹《ゆ》でて柔らかくなったポテトをすり潰《つぶ》したサラダです」

「へえ、すごく美味しいね！」

無邪気な笑顔。

うん、これは本気でレオハール様のお気に召したようだ。

そうだろう、そうだろう。美味いだろう！

作るのは割と手間がかかるんだからな。

何分この世界にはマヨネーズがない。イチから作らねばならないのだ。

「ねえ、これ明日も食べたいな～。ダメ？」

……乙女ゲーム不動の人気No.1恐るべし。

何だ、この逆らい難いおねだり力。

「もちろん構いませんよ」

「明日はしっかり俺の分も作ってこい」

「弁当くらい持参しろ」

何でさも当然のように明日もいる前提になってるんだエディンの野郎。

レオハール様の前だから強気なのか？

「そうだぞ、エディン・ディィリエアス！　俺だって本当ならまたこのサラダやサンドイッチを食べたいが、さすがに連日は迷惑だろう！　我慢しろ！」

「サラダくらいでしたらお作りしますすよ」

「ありがとうヴィンセント！」

あれ、今俺ライナス様にはめられた？　まさかなぁ？

「スティーブン様はいかがなさいますか？」

レオハール様とライナス様に作って、スティーブン様に作らないのも可哀想だ。

振り返ると、恋愛小説で盛り上がっていたスティーブン様が満面の笑みで「いいのですか⁉」と。

何この人マジ美少女抗《あらが》いづれぇぇぇぇぇ。

「もちろんです」

「では、では……、マーシャがヴィンセントのお料理で一番好きだという〝だしまきたまご〟というものを、その、食べてみたいです……！」

「だしまきたまご？　なんだい、それ？」

「といた卵にダシを入れて、焼いて丸めた料理です。ですが、あれはまかない用でして、貴族の方に食べさせて良いものか」

「わたくし、それ知らないわ。ダシ？　食べてみたい」

「かしこまりました。お作り致しますね」

お嬢様がそう言うなら！

でもこんな西洋風の世界で和食って受け入れられるのか？

俺は母さんに教わった料理が食べたくて作ってたのであって……本当に俺用のまかない飯なんだけどな。

出汁《だし》だって前世のように昆布や鰹節《かつおぶし》があるわけじゃないから、調理用の魚の骨とかかき集めて煮込んだようなものなので……下手したらブイヤベース寄りというか……？

あ、でも王都なら出汁に使えそうな昆布的なモノが売ってたりしないかな？

『イースト地方の食文化は珍しい物が多いから、王都に行ったら市場を覗《のぞ》いてみるといい』って、リース家のシェフに言われたんだよ。

今度の休みに探しに行ってみよう。

「甘い卵焼きもあるんだよ！　わたしはそっちも好き！」

「甘いんですか？　わあ、私、それも食べてみたいです……」

「ではどちらも作って参ります……が、甘い方には砂糖を使いますから、お気を付け下さい？」

「そうなんだ」

レオハール様は砂糖が苦手らしいから、作った後ちゃんと分けておこう。

というか……。

「マーシャ！　スティーブン様は侯爵家のご子息だぞ。なにタメ口利いてんだお前」

「公爵家子息の俺には暴言吐いてんだろう貴様！」

「人徳の差だクズ野郎」

「んだとコラ！」

「わわ、ご、ごめんなさいスティーブン様！　つい気持ちが盛り上がりすぎて敬語忘れたよ！」

「わ、私は構いませんっ！」

「構って下さい」

「貴様も構え！」

「人徳の無さを改善する事を考えろ」


あ、だし巻き卵とポテサラ作るなら明日のサンドイッチの具それでよくない？

『お嬢様と恐怖のお茶会』

「……みんなー……お願いがあるんだけど～」

「レ、レオ様……!?　どうされたんですか……？」

「表情が死んでるぞ」

入学から三日目。

レオハール様が登校するなり、かなりヤバめな笑顔で近付いてきた。

幼馴染二人がそこはかとなく警戒心を醸し出しながら後退《あとずさ》りする。

ちょっと待って。スティーブン様とエディンがその対応って、嫌な予感しかしないんですけど。

「今日って午前中で終わりでしょ？　魔法研究所でなんか大規模な実験の準備があるとかで」

「はい、そう聞いておりますわ」

昨日俺とレオハール様が魔力検査で珠《たま》をぶっ壊した。

なので、改めて検査を行う為の準備なんだそうだ。

珠が壊れたのはそのくらい大事《おおごと》だったらしい。

ちょっと大げさすぎるような気もするけどな～。

「っていう話をしたら、マリーが僕の友達を連れて来いって言い出してね……」

「…………なんでまたそんな話になったよ？」

あのエディンが頭を抱えた。

その隣でスティーブン様はカタカタと震えながら両手の指先で口元を覆う。

待って。ねえ待って、反応。

スティーブン様、ゾンビ映画でしか見ないようなその反応、おかしくありませんか⁉

「マリーは同年代の友達に、お茶会に誘われたりしないの？　って聞いたら、その流れで？」

「ま、巻き込むなよ」

「ごめん」

「マリアンヌ姫様の……」

「お茶会……」

お嬢様とライナス様が一言ずつ呟いて、その後、押し黙る。

教室内も重苦しい沈黙。

そして、ほとんどのクラスメイトはそっと顔を背けていく。

何というか、全てを物語っているなぁ、その態度。

「出来ればみんなに来て欲しいんだよね。エディンとスティーブは『カウントに入れないわよ』って言われてしまったから、ライナスと、その、都合がよければローナとヴィンセントも……」

は⁉　俺⁉

「ま、まあ。わたくしは光栄にございますが……ヴィニーも、でございますか？　確かにアミューリアの学生は貴族も使用人も、大きく『一生徒』というくくりとはなりますが……」

「僕が学園で新しく友達を作ったと知れば、マリーも同年代の友達を作ろうとするかもしれないでしょ？　そういえば、マーシャはマリーと同い年だったよね？」

「「え？」」

お嬢様すらピシッと固まるレオハール様のお言葉。

確かに、マーシャも今月で十四歳の誕生日を迎える。年齢的にマリアンヌ姫と同学年。

だが、しかし……。

「レオハール様、マーシャは我が家の使用人にすぎませんわ」

さすがお嬢様、オブラート。

とてもではないが、あのポンコツメイドを城に連れて行くなんて出来ない。

ましてお姫様に会わせるなんて無謀だ！

「そう？　やっぱり？　でも趣味も似ているし、もしかしたら仲良くなるかも、なんて？」

「マーシャってあの可愛いメイドか。お前に全然似てないドジな義妹《いもうと》の……金髪碧眼《へきがん》の美少女、それも十三歳か。ちょっと子どもすぎるような気はするが、二、三年後では遅すぎるかもしれないし、そうだな、確かに今のうちに……」

「埋めるぞ」

「ヴィニー」

「すみません」

だってお嬢様、エディンの奴が！

何が『そうだな、確かに』だ!?

「あの、しゅ、趣味が同じなら……、もしかしたら……マリー様とマーシャがお友達になってくださる、かも……。そうしたら、レオ様も少しは負担が……」

「ですがスティーブン様、マーシャですわよ？」

お嬢様、一言に凝縮しすぎです。

俺には大変分かりやすいですけれども!!

「そ、そうですよね……。マーシャですものね……で、でも、もしかしたらという事も……ない、事も、ない……か、も……」

「…………」

スティーブン様の言いたい事はなんとなく分かった。

マリアンヌ姫の我儘《わがまま》に、いつも盛大に振り回されるレオハール様の負担を、なんとか減らせないものかとの配慮。

うーん、良い子。

だが反対だ。そんな奇跡、起きる可能性の方が圧倒的に低いのだから！

あのドジが何かしたら、お嬢様……ひいてはリース家にまで迷惑が掛かるかもしれないんだぞ！

「そうですわね、マーシャの人懐こい性格なら、もしかしたら……」

「お嬢様!?」

「それにあの子にとっても、お城のメイドたちの仕事ぶりを見せる事は勉強になるわ。よろしいでしょうか、レオハール様」

「うん、もちろん！　むしろ、そんな事で良いの？」

「くれぐれも、と、一応釘《くぎ》は刺しておきますが、その、マーシャですので……」

「う、うん、もちろん。もちろん、だけど。……エディン……」

「分かった、俺も行く。何かあったらフォローしてやるよ。もちろんスティーブン、お前も来るよな？　言い出しっぺ」

「⁉　………はい」

「無理しなくて良いよ？　スティーブ」

「いえ、マーシャはお友達なので……。私も、出来る限り……フォロー、致します……」

「ベックフォード、お前はどうする？」

「ふむ、レオハール様のご学友として扱って頂ける栄誉！　無論、許されるのなら参加させて頂こう！」

「わあ、心強いよ」

表情はそう言ってないぞ、レオハール様。

まあ、ライナス様みたいなタイプもなかなかの不安要素だものな。

「ヴィニー、貴方もマーシャに付いて、あの子の手綱を握っておいてね」

「了解致しましたお嬢様」

「ありがとう。じゃあ、二時半に学園を出発ね。あの、割と本当にすごいから気を付けてね？」

「は、はい！」

「気を引き締めますわ」

「胃が痛いですね」

レオハール様とスティーブン様とエディンの野郎はマリアンヌ姫に多少免疫はあるだろうが、俺とお嬢様とライナス様はないからな。

「ヴィニー、お昼休みの時にでもマーシャへ二時半にお城へ行く、と伝えておいてくれる？」

「かしこまりました、お嬢様」

レオハールルートの悪役姫マリアンヌと、エンカウントイベントかぁ。……不安だ。

だがしかし、マリアンヌ姫はお嬢様と同じ『悪役』。

彼女もレオハールルートでは破滅するはず。

ふむ、視察という点では悪くないかもしれない。

うちのお嬢様を破滅エンドから救済する為の、何かヒントがあるかもしれないよな。

『悪役姫』、『悪役令嬢』、『ライバルメイド』が勢揃《せいぞろ》いする現場に立ち会えるのだ。

これは是が非でもお嬢様の破滅エンド回避の為に、一つでもヒントをもぎ取って帰ろうではないか！

＊＊＊

さて。

午後二時半に馬車に乗り、御一行は二十分ほどでお城へと到着した。

舗装されているとはいえ坂道が多いので、馬にはしっかり水を飲ませ、きちんと褒めてやる。

俺の隣で珍しく緊張気味のマーシャは、「ええ、義兄《にい》さん、ほんとにお姫様と会うんけ？」と何度目か分からない質問をぶつけてきた。

うん。

真顔で頷《うなず》くと、再び絶望した顔。同じ結果なんだからそろそろ諦《あきら》めればいいのに。

まあ、でもそうだよな、相手は姫君。だが安心しろ、不安なのはお前だけじゃない。

この場にいる全員、不安げな表情なのだ。言い出しっぺのレオハール様やスティーブン様も、もれなく！

「ううう、お姫様と会うなんて粗相しそーで怖ぇべさ〜」

「大丈夫だぞ、マーシャ。そんなに怖がる事はない。何があっても俺がフォローしてやろう」

「お触り禁止だクズ野郎！」

「触んでねぇクズ野郎！」

「二人とも、お口が悪いわよ」

「「すみませんお嬢様」」

「肩に少し触れるくらい、いいだろうが！　過保護すぎるぞ貴様！」

「いいわけねーだろ、石にくくってクレイシス湖に沈めるぞ」

チッ、とお行儀悪く舌打ちするエディン。

似非くさい笑顔で近付きやがって！　油断も隙もありゃしねぇ！

「レオハール様、マリアンヌ姫様とお会いする際の注意点などはございますか？」

「え？　そうだなぁ、とりあえず褒めておだてておけば大丈夫だと思うよ」

え、ええ〜……。

お嬢様もレオハール様の返答に頬に手をあてがい、眉《まゆ》を寄せる。

あれは少し困った時の仕草。うーん、そんなお姿も麗しい！

「あ、あの、あの、ローナ様たちは、マリー様とお会いするのは、初めてですし……。その方が良いかと、思います……」

「そうだな。まあ、適当に話題を合わせて、適当に褒め言葉を並べておけば、機嫌が損なわれる事もないだろう。マリー姫はものすごくよく言って純粋だからな」

も、ものすごくよく言って純粋なのかよ。

それって普通に言うと『単純』という事なのでは……。

「分かりましたわ」

「うむ。俺は出来るだけ喋《しゃべ》らんようにしよう」

ああ、ライナス様はそれが最善だろうなー。

俺は学友兼お嬢様の執事という立ち位置だから、積極的に発言する必要がないので黙っていればいい。『悪役姫』様の観察に、徹しさせて頂こう。

「ですが、次期女王となられる方が甘言ばかり聞いていては、マリアンヌ姫様の為にならないのでは……」

「レオ、この女をマリー姫に引き合わせるのは、国のバランスを崩しかねない」

「まあ、エディン様、それはどういう意味でしょう？　わたくしはマリアンヌ姫様に無礼を働くつもりは微塵《みじん》もございませんわ」

「貴様にそのつもりがなくとも、あの姫はそうは受け取らんぞ。どうしても一言言いたくなったら『今日は様子見』とでも思って口を噤《つぐ》んでおけ。実家に迷惑をかけたくはないだろう？」

「え？　え、ええ、それはもちろんですが……」

「あ、あの、ローナ様……、今日のところは、その、穏便に……。マリー様がどういう方なのかを……、その、まずは知ってからの方が……」

俺も小声で『お嬢様、ここは……』と耳打ちしておく。

だってエディンとスティーブン様ダブルで『やめとけ』って、お嬢様！　この二人が同じ忠告をしてくるなんて絶対ヤバい。

レオハール様も笑顔だが目がマジだ。ひたすら頷いてるし。

俺、レオハール様のあの闇が滲《にじ》んだ笑顔が一番怖い！

「分かりましたわ。本日はマリアンヌ姫様がどのような方なのか、見定めさせて頂きます」

ホッ……と、あからさまに安堵《あんど》の溜息をつく幼馴染《おさななじみ》組。

ええ〜、怖すぎるんですけど、その態度……。

『マリアンヌ姫とお友達になろう作戦』の行方はマーシャのコミュ力にかかっている。

でも、ここでどうしても根本的な疑問を口にしたくなる。

言っていいかな？　いいよな？　だってものすごく純粋な疑問だもんな？

「あの、レオハール様」

「なぁに？」

「今更なのですが、姫様と同年代のご令嬢は普通におられますよね？　再来年には学園でご学友にもなられるのでしょうし、何もマーシャでなくともいいのでは？」

「それね。僕もマリーが年の近い令嬢のお茶会に招待されたり、招待していると思っていたんだけ

「どね」

「は、はい」

そうだよな？　だって普通、お茶会の場で交友関係を広げておくものだし、婚約者もそこで探したりするもんだもんな？

姫の誕生日には毎年同年代の貴族のご子息たちが、盛大なお茶会に呼ばれていたはずだし。

「年を追うごとに招待される回数は減っているし、こちらから招待すると体調不良やお家の行事などを理由に欠席されていたみたいで……」

「ちなみに俺が遊んっ……こほん、懇意にしているご令嬢たちから聞いた話だと、体調不良は仮病ではないんだそうだ。理由はストレスとプレッシャーだろうな。姫主催の茶会の招待状を受け取ったら、途端に目眩《めまい》で倒れたり、前日に熱が出たりするという話を聞いた」

「ガチじゃないですか」

何それ完全ノンフィクションホラーじゃん。新手の不幸の手紙？

「親からのプレッシャーもあって、なんとか取り入ろうとするのだが、マリー姫の相手をし続けるストレスに耐えられなくなるらしい」

「…………」

思わず片手で口を覆ってしまう。

そうだよな、年端もいかぬ箱入り令嬢たちに、あの悪役姫の相手は酷だ。

俺ですら記憶に残っているゲームの中のマリアンヌ姫の性格を思うと、会うのが怖い。

「そ、そんなお方の相手なんて、わたしにも無理だべよ～！」

「いや、なんかむしろお前ならいける気がする」

「義兄さん⁉」

「でしょう～？」

「そうですわね」

「えええ⁉」

レオハール様とお嬢様も頷いてくれる。

そうなのだ。マーシャのこの、ある意味図々《ずうずう》しい精神力ならいけそうな気がする。


馬車と馬を城の使用人に任せ、門番のいる扉を潜る。

最初に緑溢《あふ》れる庭が見えて、屋根付きの通路を進むと、赤い絨毯《じゅうたん》に高い吹き抜けの天井、すさまじい広さの玄関ホールに着く。

正面には左右対称の回り階段があり、左右方向の開け放たれた扉の向こうには、何本もの柱が等間隔で並ぶ通路。

その左側の通路奥には、広い待合ホールが見える。

恐らく、あの先に城のダンスホールがあるのだろう。

やはり城のダンスホールともなると、規模がおかしいな。

待合ホールであの広さって……ダンスホールはどんだけ広いんだろう。

「レオハール様、お帰りなさいませ。お着替えのご準備は出来ております」

城内へ入ってすぐに、黒いメイド服の女性たちが四人、待ち構えていた。

皆さん背が高く、背筋もピンとしていて清潔感と共に独特の存在感がある。

その上、揃《そろ》いも揃って美人！

「僕、着替えて来るよ。みんなは別室で待っていて」

「それなら俺は父上に挨拶《あいさつ》して来る。スティーブン、お前どうする」

「そ、そうですね……、私も、お父様にご挨拶して参ります……」

「では、わたくしたちは待たせて頂きましょう」

城に父親が勤務しているエディンとスティーブン様は、顔を見せに行くようだ。

幼馴染組と別れて俺とお嬢様、ライナス様とポンコツメイドは一人のメイドさんに案内され、客間の一つへ通された。

「こちらのお部屋でお待ちくださいませ。すぐにご案内致します」

「ありがとうございます」

お嬢様が丁寧にメイドさんへお礼をして、赤いウール張りのソファーへ向かう。

ライナス様はすでに座って、天井のシャンデリアに「あれはウエスト地方の細工だな」と感嘆の声を漏らしている。

俺とマーシャは出入り口の側《そば》に立つ。

暖炉の横にあるチェストに、茶葉とカップがあるのでお嬢様に一応「お茶をお淹《い》れしますか」と聞くのを忘れない。

答えはもちろん「いらないわ」だけど。

そりゃそうだ。だってこの後地獄のお茶会なんだから。

「ローナ嬢はマリアンヌ姫にお会いした事はあるのか？」

「いえ。同じセントラルに住んでいながら、マリアンヌ様にはお会いした事がありませんの。お茶会にご招待した事もありますが、距離を理由にお断りされてしまいました」

「うん？　距離？」

「そうですわね。『王都ウェンデル』からですと、大体馬車で二時間ほどですわ」

「俺からするとたったの二時間、とも思うのだが……」

「姫様には大変なお時間に感じられたのでしょう」

そうかもな。

レオハール様と朝食を食べるのに、アミューリアの開始時間をずらそうって言い出したくらいだもんな。

「ふむ、色々な噂が絶えないお方だが、実際に会えばそれも事実かどうか分かるはず」

「そうですわね。わたくしもそう思いますわ。噂だけで人を判断するべきではありませんもの」

さすがお嬢様！　でも残念、噂通りです！　何しろ相手は『悪役姫』！

ゲームプレイ回数一回こっきりの俺ですら、強烈に記憶に残ってる。

あのお姫様はヤバかった！

会うのが怖すぎて、ゲームのままじゃありませんようにって、ひっそり祈ってる。

「失礼致します」

ノックされたので、俺が部屋の中から扉を開く。

一歩だけ入ってきたのは、さっきと違うメイドさん。

「ローナ様、申し訳ございません。大変申し上げにくいのですが、マリアンヌ姫様にローナ様の事をお話ししましたところ、お帰り頂くように、と言付かりました」

「理由をお伺いしてもよろしいかしら？」

「その、レオハール様に二度と近付かないように……言い含めておけと……」

「まあ、そのように受け取られてしまいましたの」

「レオハール様よりご学友のお一人とお伺いしておりましたので、そのようにご説明申し上げたのですが……」

「いえ、かしこまりました。わたくしは帰寮致します。殿下にそのようにお伝え頂けますか？」

「恐縮でございます。言伝《ことづて》の方、承りました」

深々と頭を下げたメイドさんが「失礼致しました」と下がってから扉を閉める。

扉が閉まった後の部屋の中の、この空気。

ライナス様が眉《まゆ》を盛大に顰《ひそ》めておられる。

「ば、馬鹿な⁉　ローナ嬢が女性だから会わないという事か！」

「お噂はよく聞いておりましたけれど、お噂以上にレオハール様に懐いておられますのね」

「いや、それでは済まんだろう！」

よく言ってくださったライナス様！

うちのお嬢様の地位を思えば、王族とはいえさすがにこの仕打ちは失礼！

でもレオハール様の疲れ果てた顔や、あちこちから聞こえてくる噂を含め、個人的にはむしろ関わらないで済むなら関わりたくないタイプだったので、会わずに済んだのはちょっと嬉《うれ》しい！　複雑！

「………」

「ライナス様、余計な事はなさらなくて結構ですわ。ライナス様のお立場が悪くなってしまいますので」

「え！　な、なぜ⁉」

「お顔に全て出ております」

うん。『ローナ嬢が出席拒否されたのは不当ではないか⁉　マリアンヌ姫に問い質《ただ》す！』……みたいな表情になっている。

有難い事ではあるが、それでライナス様がマリアンヌ姫に目を付けられるのは、お嬢様の本意ではない。

お嬢様に指摘され、残念ながら『余計な事』とまで言われてしまったライナス様は、しょぼしょぼと肩を下げる。

「なあなあ、義兄《にい》さん。お嬢様どうしたんだべさ？」

「ああ、マリアンヌ姫にレオハール様に近付く女は嫌いだから帰れって言われたんだよ。だから俺たちはお嬢様と一緒に帰れる事になった」

「やったあ！」

「本来なら喜ぶところではないわよ、マーシャ」

まぁ、そうなんですけどね。でもここは素直に喜ぶ事にしましょう、お嬢様。

この国の『破滅フラグ』たる『悪役姫』を確認出来ないのは少し惜しい気はするが、無理する事もないだろう。

今月末には姫の誕生日がある。実物はそこで確認すればいい。

「そういう事ですので、わたくしたちはお先に失礼致しますわ、ライナス様」

「うむ、致し方ないな。ローナ嬢は帰寮したらどうするのだ？」

「そうですわね、大人しく部屋で読書でも致します」

「そうか。どうか気を付けて」

「ありがとうございます。それではまた明日、学園で」

「ああ、また明日」

ライナス様へお上品に頭を下げて、部屋を出るお嬢様。

扉を開けてその背を見送ってから、マーシャを追い出し、俺もライナス様へ頭を下げる。

にこやかに手を振って見送ってくださるライナス様だが、あの人も入学からマリアンヌ姫の噂は色々耳にしているはず。

顔がまた不安そうになっていく。

だよなぁ、不安だよなぁ。心の底からエールを送るぜ、ライナス様……！

「恐ろしく早い帰寮になりましたね」

「そうね。まあ、構わないわ。読みたい本もあったし」

「お嬢様も恋愛小説を読むとええべさ！　わたし、スティーブン様に新しく『烈風パンチのハイヒール』っていう恋愛小説貸してもらったから、一緒に読みましょ〜！」

……パンチなのにハイヒール……？

「先に貴女が読みなさい。貴女が借りたのでしょう？　わたくしは医学書をもう少し読み進めたいのでいいわ」

「えー、お嬢様とも恋愛小説で色々語り合いたかったのにぃ」

「いい加減にしないか、マーシャ。お嬢様はお勉強でお忙しいと……」

「あら、興味がないわけではないのよ。そうね、マーシャが読み終えたもので構わないから、お薦めがあったら教えてちょうだい」

「お嬢様～！　もちろんだべさ～！」

まあ、お嬢様もお年頃だもんな。ふふふ、なんてお可愛らしい。

でも題名が物騒すぎるので一度まとめて検閲した方がいいだろうか？

マーシャの趣味にまで口を出すのもどうかと思っていたが、お嬢様の目に触れるのなら変な内容でないのを確認したい。

有害ならマーシャに読ませるのもやめさせた方がいいしな？

「！　マーシャ！」

「ほえ？」

生意気にもお嬢様の前に出てくるくる回りながらはしゃぐマーシャ。

その背後の部屋の扉が開く。

ヤバイ！　とマーシャをとっ捕まえた時にはもう遅く、振り上げられた左腕が部屋から出てきたメイドの顔面にぶつかってしまった。

「きゃあ！」

「うわぁ！　す、すいませ……！」

悲鳴とマーシャの謝罪の声が被《かぶ》る。が、同時にもう一つ……ガッシャンという音が廊下に響いた。

陶器の割れる音に、咄嗟《とっさ》にお嬢様の前に立つ。

あ？　これは……小さな石像？

「きゃ、きゃぁああぁ！　マ、マリアンヌ様の石像があぁ！」

「!?」

「今の音は何!?」

部屋の中から、音に驚いた腕章付きのメイドさんも現れる。

いや、そちらも気になるが、マーシャがぶつかったメイドさんが叫んだ事の方が今は気になる。

マリアンヌ姫の――なん、だって？

「こ、これは!?　まさか今日届いたばかりの、マリアンヌ姫様の石像!?　な、何をしているの!?　姫様がこの石像の完成を、どれほど心待ちにされていたか分かっているの!?」

「も、申し訳ございません！　申し訳ございません！　クレア副メイド長！　で、ですが、この娘が突然私を襲撃してきたのです！」

「ほ、ほげぇ!?」

さあ、ここで先ほどの映像をリプレイして確認してみよう。

お嬢様に恋愛小説を読むと言われて浮かれたポンコツメイド。

回転しながらお嬢様の前に進みます。

前方には扉。なんとも素晴らしいタイミングで扉が開きました。

俺が咄嗟にポンコツメイドの手を引っ張りますが、逆にその勢いで反対の手がブォン、と扉から出てきた女性の顔にクリーンヒット！

うん、襲撃と言われても無理ない。

「も、申し訳ございません！」

「申し訳ございません。完全にこちらの落ち度ですわ」

「に、義兄さん、お嬢様……！」

俺だけでなくお嬢様も頭を下げる。

客観的に見ても故意ではないとはいえ、こちらの過失だ。

「あ、あなた方は？」

「本日マリアンヌ姫様のお茶会に参加するべく登城致しました、リース家のローナと申します。この二人は我が家の使用人。粗相の責任はわたくしにございます」

「お、お嬢様……」

「………」

悔しいが、この場で俺は頭を下げるしかない。

俺が止められなかったので『責任は俺が取ります』と格好付けたいところだが、俺もまた使用人でしかないのだ。

「リース伯爵家の……!?」

「はい。我が家のメイドが誠に申し訳ございません。壊してしまった石像は、我が家で弁償致しますわ」

「ま、まあ、なんという……。お申し出は有り難いのですが、こちらはオルコット侯爵様よりマリアンヌ姫様への贈り物でしたの。今月の末に姫様はお誕生日ですので、去年から姫様のお姿を模した石像を準備されていたのです」

「オルコット侯爵様から……。そうでしたか……」

「誰？」

「後で教える。今は謝れ」

小声で俺に聞いてくるマーシャのアホっぷりに頭痛がする。

オルコット侯爵様はセントラル北区を管理する領主様だ。

逆に何で知らないんだ、こいつは。旦那《だんな》様の同僚みたいなお方だぞ。

「石はノース地方で採れる最上級の華雪石《かせっせき》を利用し、ウエスト地方でも一流の職人に彫らせたもの……。今からこれに代わるものを用意するのは、さすがのリース家のご令嬢でも不可能ではありませんか？」

「そうですわね……」

「？」

「弁償出来ないって事だ」

「！」

訳が分かりません、と首を傾げるばかりのマーシャに小声で訳してやる。

恐らく、姫の誕生日プレゼントを仕分け中の部屋だったんだろう。

お嬢様のお誕生日だって、使用人総出で仕分けするんだ。

王族の誕生日ともなれば、国中からプレゼントが贈られてくるはず。

その中でも高価な物を、別の部屋に持っていくところだった、という場面に遭遇したと思われる。

俺としては、何でそんな高価な物を、メイド一人に任せていたのかが理解出来ない。

どうしてドアを開ける役一人、運び手一人と役割分担しなかった？

城のメイドなら、そのくらい気が回るはずだろうに。

いや、その文句は今言っても仕方ない。

壊れた石像の希少価値を思うと、今日明日でなんとか代替えのものを用意するのは不可能だし、お金を支払えばいいってものでもないという事。

だってこれは、オルコット侯爵様からマリアンヌ姫への『誕生日プレゼント』だったのだ。

これは――ヤバイな……。

「しかし壊れてしまったものは致し方ありませんわ。すぐには無理ですが、姫様のお誕生日までにはお時間もありますので、これに代わる物をご用意するように致します。オルコット侯爵様にはわたくしよりご連絡致しますので……」

「お待ちください！」

お嬢様を遮ってきたのはマーシャが手を当ててしまったメイドさん。

表情は険しい。嫌な予感がする。

「私は顔を殴られましたのよ！　そんな事では許せませんわ！」

「アンナさん、相手はリース伯爵家のご令嬢ですわよ」

「そんなの関係ありませんわ！　顔ですわよ、顔！」

おお、お怒りごもっとも。

そうだよなぁ、お城仕えのメイドはそれなりに力のある男爵家や伯爵家の令嬢である事が多い。

そんなご令嬢の顔をビンタしたのだ、怒られるのも無理はない。

扉を開けていきなり鼻にビンタかまされたら、俺でも怒るし。

お嬢様にならば殴られてもいいけど、それはむしろご褒美……じゃなくて。

「その上、マリアンヌ姫様が楽しみにされていたオルコット侯爵様の贈り物を壊して！」

「その件はこちらにも非はあります。本来なら三人で運ぶべきお品物。それをあなた一人にお任せしたのです」

「そ、それは……。ですがこの事を知れば、マリアンヌ姫様はお怒りになります！　私、クビにはなりたくありません！　ようやく憧《あこが》れの城仕えになれましたのに！」

「確かに、これ以上人手が足りなくなるのは……。しかし……」

「クレア副メイド長、ここはルシアメイド長にご報告するべきです」

新たに部屋の中からメイドさんがもう一人。

クレア副メイド長さんは、頬に手を当てて困り顔のまま「そうだけれど……」と言葉を濁す。

「いえ、そうね。報告すべき事ですわね。リース家のお嬢様、私はメイド長にこの事をご報告に行かねばなりません。可能ならばご一緒して頂いてもよろしいでしょうか」

「もちろんですわ。マリアンヌ姫様への謝罪も、させて頂けるのならすぐにでも……」

「いえ、まずはメイド長にご報告しましょう」

「分かりましたわ」

「アンナさん、あなたもいらして。後片付けと続きは頼むわね」

お嬢様と俺たちはクレア副メイド長さん、マーシャが手を当ててしまったメイドさんと、長い廊下の十字路を左に曲がり、別の棟へと入る。

赤い絨毯《じゆうたん》が途切れた部屋の前で扉をノックして、副メイド長が「クレアです」と声をかけた。

中からすぐに「どうぞ」と優しい返事が返ってくる。

さて、メイド長さんにはどう判断されるか……。

「失礼致します。トラブルのご報告です」

「まあ、どうしたの」

「実は………」

扉を開き、すぐにお辞儀したクレア副メイド長。中にいた白髪混じりの女性に経緯を話す。

真剣に聞いていたメイド長さんは、眉《まゆ》を寄せたままマーシャを見下ろした。

「………そう。それは困ったわね」

感想はその一言。

まあ、その通りではあるんだが、さすが城のメイドを束ねる方だな。

冷静で厳格、更に気品と淑女たる佇《たたず》まい。一言で言うと、かっこいい。

……それに比べてうちのポンコツと俺たちを睨《にら》み付けているこのメイドは、淑女の「し」の字も見当たらないなぁ。

「ローナ様、メイドの躾《しつけ》はしっかりなさってくださいね」

「はい。申し訳ございませんでした」

「お申し出はありがたく受け取らせて頂きます。けれど、今回の事はやはりこちらにも非のある事。姫様には私からお話しして、ご理解頂きましょう」

「メイド長……」

「ともかく、マリアンヌ姫様のお茶会はすでに始まっています。今日はレオハール様のご学友の方々もいらっしゃっていますから、あまり騒ぎ立てる事は許しません。アンナさんも、手が当たってしまった事はわざとではないそうだし、許して差し上げて」

「嫌です！」

「！」

ほあ〜、即答〜。

「お咎《とが》めなしなんて、許せません。リース家のお嬢様には、そのメイドにしっかりとした罰をお与え頂きたいですわ！」

「罰、ですか……」

「それがお約束頂けないなら許しません！」

「アンナさん」

プイと顔を背けるアンナさん。

メイド長さんと副メイド長さんが説得しようとしてくれるが、彼女の怒りは相当なもののようだ。

まあ、顔面では無理もない。こればかりはマーシャもしょんぼりと項垂《うなだ》れる。

お嬢様が改めて「謝罪をさせてください」と彼女に進言するが、彼女の望みは謝罪ではなくマーシャへの罰！

これにはお嬢様も眉尻《まゆじり》を下げる。あまり厳しすぎても可哀想だし、軽過ぎれば彼女の怒りはますます大きくなるだろう。

普段全くそういう事をなさらないお嬢様には、匙《さじ》加減が分からないのだ。

「具体的にどのような罰ならば納得して頂けるのでしょう？」

「そうですわね。そこの執事の殿方が、そのメイドの顔面を本気で殴ってくだされば許しますわ」

「⁉」

「！」

は？　俺が⁉　俺がマーシャの顔面を本気で殴る⁉　ちょ、さすがにそれは……！

「ア、アンナさん！　なんという事を！」

「私が殴られたんですから、そのメイドも痛い目を見るべきです！」

「ですが、いくらなんでも男性の力で殴れなどと！」

「そうですわ、アンナさん。それはいくらなんでも過剰報復です。お城に勤めるメイドとして、そのような……」

「ではそのメイドを公衆の面前で百叩《たた》きにしてください。もしくは、西のスラム街掃除に一人で行かせてくださっても面白そうですわね。あとは、お城の床拭《ふ》き掃除《そうじ》を手伝って頂くとか……」

「アンナさん」

メイド長の咎める声にも耳を貸す様子はなく、お嬢様も肩を落として困り果てる。

なんという厄介な。

「お嬢様」

「そうね……」

こっそりとお声がけする。

正直、こっちはこの女のストレス発散に付き合っている場合じゃない。

オルコット侯爵様に、今回の件の報告と謝罪を伝えなければならないのだ。

ここは適当に約束をしてトンズラするのが最良だろう。

「あ、あの、あの！　ほ、本当にすみませんでした！」

げ！　マ、マーシャ！

せっかくトンズラするつもりだったのに、なに蒸し返すよう馬鹿正直に謝ってるんだこいつ！

「わざとではねーですけど、でも、手が当たっちまったのは間違いねーし。わたし！　どんな罰も受けるさ！」

「当たり前でしょう!?　人の顔にいきなり手を叩き付けてきて！」

「本当にごめんなさい！」

「謝れば許されるとでも思っているの!?　はっ、いいわね！　能天気で！　………あ、そうだわ」

「？」

にやり、と笑うアンナというメイド。その顔はいかにも『悪い事』を思い付いた顔だ。

うわぁ、やな予感。

「あなた、私の代わりにマリアンヌ姫様のお茶会にご奉仕しておいでなさいな！　無事にお茶会で姫様にご奉仕出来たら許してあげる。ただし！　何か無礼な事をしたら、アンタのご主人様もただじゃ済まないわよ。相手はこの国の姫様なんだから！」

「………っ！」

「アンナさん！」

「その様な身勝手、許可出来ませんよ」

「私の代わりに仕事をして頂くだけですわ。この子が私に対して本当に申し訳ない、謝罪の誠意を示したい、というのなら聞いて頂けるはずでしょう？」

この女……！

「駄目よ、ヴィニー」

「分かっておりますが……」

すんごくぶん殴りたい。

「わ、分かりました！　わたし、やります！」

マジかこいつ。お嬢様もさすがに驚いた声。

「マーシャ！」

「わたし、やります！　お嬢様、わたし……！」

振り返ったマーシャの、真剣な顔。

マーシャは、ドジだが真面目な奴だ。本気であの嫌味なメイドに「申し訳ない」「許してほしい」と思ってる。

面倒くさい奴め。……嫌いじゃないけど。そういう心意気。

そしてうちのお嬢様も、マーシャのそういうところを気に入っていると思うし、真剣な想いは無下にはしない。

「分かりました。マーシャ、貴女の意思を尊重します。ただし、ヴィニーにも手伝って貰《もら》いなさい」

一ミリも信用してませんね、お嬢様。

いや、マーシャの仕事ぶりに関しては俺も信用してないけど。

「仕方ありません。お茶会はとうに始まっております。本日はお客様も多い事ですし、メイド長……」

「分かりました。彼女が姫様へのご奉仕をしっかり出来たのなら、この件はもう終わりにするのね？　アンナさん」

「ええ、お約束致しますわ」

「ローナ様、本当によろしいのね？」

「我が家のメイドの意思を尊重致しますわ。オルコット様へのご説明には、わたくしがこのまま参ります。馬車と御者をお借りしてもよろしいでしょうか？」

「ええ、すぐに用意致します。アンナさん、用意して差し上げて」

「え？　私が？　は、はい、分かりました」

「お嬢様」

「ヴィニー、マーシャをお願いね。……信じているわ」

「お任せください。必ず」

マーシャの事を信じてないんじゃなくて、俺を信じてくれたのか、お嬢様……！

ったく、そんな事言われたら無茶苦茶やる気出るって。

「クレア副メイド長、彼女たちを着替えさせて、姫のところへご案内して」

「はい」

＊＊＊

素早く城の使用人服に着替える。

そして、本来は城仕えのメイドしか着る事を許されない黒いメイド服を着たマーシャと共に、マリアンヌ姫のお茶会が開かれているところへ案内された。

本日は人が多いので、姫のお部屋の側《そば》にある、四階の広いテラスでお茶会が行われているらしい。

その広いテラス席からは中庭が見下ろせて、天気の良い日は鳥も手摺《てすり》で可憐《かれん》なお喋《しゃべ》りを交わすという。なるほど、さすが城のテラス席。

その手摺には赤やピンク、黄色のガーランド。

瑞々《みずみず》しい花々が等間隔に置かれた大きな花瓶に生けられて、場を美しく演出している。

鉢の観賞植物にリボン、そして、中央には大きな丸いテーブル。椅子の背もたれにはひらひらピンクのカーテン風の飾り。

テーブルクロスはド派手な赤チェックに、しつこいくらいリボンがあしらわれている。

なんだかテーブル付近だけ、小学生の誕生日パーティー会場のようだな。

すでにお茶会は始まっており、レオハール様、ライナス様、スティーブン様、エディンはマリアンヌ姫を囲むように着席していた。

「?」

黒いメイド服のマーシャと、城の使用人服に着替えた俺を見付けるなり、レオハール様たちは全員困惑の表情に変わる。

まあ、ですよね。

帰ったはずの俺たちが、こんな格好で現れれば、まあそういう顔にもなるよなぁ。

肩を竦《すく》めてみせると、スティーブン様とエディンは何かを察したのか目を細める。

ライナス様がレオハール様を困惑の表情のまま見るが、レオハール様は微妙な笑顔で首を左右に振った。

アイコンタクトで交わされた会話を察するに『あれはどういう事なのでしょう⁉　レオハール様は何かご存知ですか⁉』『いやいやいやいやいや！　僕の方こそ何であの二人がお城の使用人制服着てあそこにいるのか聞きたいよ！』……的な感じだろう。

「あの、何をしたらいいですか」

「姫様にお声がけされたら、お答えしてください」

メイド長さんがマーシャの質問に簡潔に答え、憂鬱《ゆううつ》そうな表情をする。

マーシャのやる気だけは買うけどな……頼むから余計な事だけはしてくれるな。

そして、楽しげに一人マシンガントークをしているお姫様を見た。

藍色《あいいろ》の長い髪。左右に一束ずつ結って、残りは下ろしている。ここからでは後ろ姿しか見えないが、ドレスがパッツパツ。

コルセットは着けてないのか？　脇腹の肉が二段に……ン、ンン……俺は何も見てない。

「ど、どうしてヴィンセントたちが、あそこにいるのでしょう……？」

「奴の義妹《いもうと》が何かやらかしたと見た」

「そ、そんな気がします……」

という会話をスティーブン様とエディンがしているのには気が付いた。なので、無言で頷《うなず》いて見せると、ライナス様以外の三人が微妙な表情をする。……察して頂けて何よりだ。

「それでねお兄様、その華雪石《かせっせき》の石像が今日届くのよ！　後で見せてあげる！」

吹き出すかと思った。

あまりにもタイムリーにブッ込んできたので、思わず凝視してしまう。

それにより、スティーブン様とエディン、レオハール様は俺とマーシャがここにいる理由を悟ったらしい。一瞬だけ目を見開いて、また微妙な表情になった。

さすが貴族と王子様だなぁ、勘がいい。ライナス様以外。

「そ、そうなの、それは良かったね」

「しかしマリアンヌ姫、華雪石は日陰に置いておかねば変色する特質があります。硬度もないので、少しの力で崩れる非常に脆《もろ》い石だ。置き場所は注意された方がいい」

「え？　そうなの？」

お姫様がライナス様の説明に前のめりになる。

そうか、ライナス様はノース地方の公爵家子息。

あの石像はノース地方で採取された華雪石で作られたって言ってたな。

「あ、あの、マリー様……そ、そういえば、華雪石は粉末にすると、光の角度でキラキラ光って、とても綺麗《きれい》なんだそう……です……。サウス地方で採れる果物の果汁に浸すと、固まる性質も、あるのだそうですよ……」

「へえ、見てみたいわね」

「石像よりも粉末にしてカメオにでもしてしまえばいいんじゃないか？　本来の用途はそっちのはずだろう？　なあ、ベックフォード」

「ああ、一度粉末にしてから、水や熱で加工して強度を出し、装飾品のベースに使用される。その石像も一度粉末にしてから粘土状に加工した方が、強度は出るのではないか？」

「飾るのなら石像としてよりも、装飾品としての方がいいかもね〜。ね、マリー？」

「そうね、石像もいいけど装飾品という事はイヤリングやブローチとか？　マリー、そっちの方がいいかも！」

お、おお!?　なんかあの石像が自然に粉状にされる話の流れ！

メイド長も表情が明るくなっていく。

レオハール様、スティーブン様、ライナス様、ナイスアシストありがとうございます！　あと、エディン、貴様にも一応。

「そうだわ、そうしましょう！　オルコット侯爵には石像よりブローチやバレッタにしてってお願いするわ！　どのくらいの大きさか分からないけど、そっちの方が色々な装飾品がたくさん貰えるわよね？」

「そうですね。大きさは分からないですが、石像を作るほどのサイズなら、それなりの数は作れるのではないでしょうか」

明るいお姫様の声に、ライナス様が頷く。

あ、ありがとうライナス様！　その誘導、めちゃくちゃ助かります！　明日、蜂蜜《はちみつ》茶サービスしますね！

「石像は中庭にもっと大きいのを作りましょう！　オルコット侯爵には貴重な石で作った方がいいって言われたけど、大きい方が目立つものね！　この際普通の石でもいいから、大っき～いのを！あ、それならやっぱり町中にも建てた方がいいかしら？　次期女王の石像なら町のあちこちに建てた方が民も喜ぶわよね！」

「「「…………」」」

絶句するレオハール様達。

な、何か恐ろしい事言い出したぞ。

まさかオルコット侯爵って！

「マ、マリー、もしかしてオルコット侯爵と石像を建てる話をしていたの？　町中にたくさん作るって、オルコット侯爵に相談した？」

「したわよ。でも町の中にたくさん建てるより、貴重な石でたった一つ作った方が、王家の権威を示せるし、目立つはずって言われたの」
オ、オルコット侯爵様ー！　う、うわあああ！　色んな意味で申し訳ありませんん！　貴方様がまさかマリアンヌ姫の暴挙を止める為にあの石像を作らせただなんて……！
ああ！　スティーブン様とエディンの表情が固まった！

「そ、そう……」

レオハール様も言葉が出なくなってる！　オルコット侯爵のご配慮を察したんだ。

あははは！　こ、これはマジでヤバイ展開！　お、お嬢様〜！

「はい！」

「!?」

そこでなぜか手を挙げるマーシャ。

ちょお！　お前なに正々堂々挙手してんの!?　ここお前が話していい場面じゃないぞ!?

俺以外の全員が息を呑《の》む。場の空気が張り詰める中、マリアンヌ姫が後ろを振り返った。

そばかすのある、目が小さめの少女。これが『悪役姫』マリアンヌ……。

「なぁに？　お前、見かけないメイドね」

「あのあの、私が読んでる恋愛小説で『血頭血涙令嬢』っていうのがあるんですけど！」

怖い怖い怖い。題名怖すぎるだろホラーかよ。

「そこに紅《あか》いルビーっていう宝石で、石像を作る場面があるんです！」

「宝石で石像？　そんな事、出来るものなの？」

「分からないけど、職人さんが石を削ってカチカチ組み立てて大きくしていく、みたいに書いてあったです」

「素敵じゃない！　マリー、宝石の石像を見てみたいわ、お兄様！」

「え、えーと、出来る、かな？　ねぇ、ライナス？」

「どうでしょうか？　ウエスト地方の石加工職人や彫刻師なら……いや、しかし、宝石を石像にするなど、聞いた事がありませんし」

唇に手を当てるライナス様。スティーブン様もエディンも困惑顔だ。

マリアンヌ姫は「出来そうな職人を探せばいいのよ」と言い出すが、簡単な事ではない。

他に控えていたメイドや使用人もマーシャへ「何を余計な事言ってるんだ？」という鋭い眼差《まなざ》し。

あ、コレ事態は一切好転してないやつだ。むしろ悪化してる。

このポンコツメイド！　小説の中の事を持ち出すとか、何を考えてんだドアホめ！

宝石の像……前世でなら見た事あるけど、この世界ではそもそも宝石は手に入りにくいものだ。

それをマリアンヌ姫の姿を模した石像にするなんて、一体いくらかかる⁉

レオハール様は恐らくその価格を試算しているのだろう、顔色が悪い。

俺もだ。その金はどこから出る？　国家予算で出すとでも？　それならまだ、先程の華雪石の石像の方が安価に思える。

あ、ダメだ、ヤバイ。マーシャ、テメェ！　マジで余計な事を！

「じゃあ早速ルビーをノース地方から買い付けましょう！　ね、お兄様！」

「い、いや、さすがにそれは陛下に許可を頂かないと無理だよ。それにマリーは今月のお小遣い、もう全部使ったじゃないか」

「なんで⁉　今月はマリーのお誕生日なのよ！　お父様だってそのぐらい許してくれるわよ！　いいから早く買い付けてきて！　ホラ、あなたが言い出したんだからさっさと行って来なさい！」

「へ⁉　わ、わたし⁉」

「他に誰がいるのよ！　さっさとお行き！　ノース地方なら馬車で二週間くらいでしょう？　大急ぎで行ってくるのよ。今月には完成出来るように、ウエスト地方からも職人を呼び寄せて！」

「マ、マリー」

ちょ、ちょちょちょちょ！

まさかこのお姫様、今マーシャに直接ノース地方に出向いて、ルビーを買い付けて来いって言ってる⁉　言ってるんだろう。レオハール様とスティーブン様の慌てぶりが物語っている。

というか、馬鹿なの？

馬車で片道二週間の買い付け、更に石像の完成を今月中って！　無茶ぶりすぎるだろ！

ウエスト地方の職人を呼び寄せて、宝石の石像を作ってもらったとしても、今月中なんて不可能だろ！　誰も宝石の石像なんて作った事がないって、今ライナス様も言ってたじゃん！

これは、想像以上にヤバイ展開！　あのアンナというメイドの思う壺《つぼ》じゃないか！

このまま断ればお嬢様に、下手するとリース家にまで被害が及ぶ事になりかねない！

「あ、あのあの、わたし、お城のメイドではないですから……えーと……」

「ふーん、やっぱりそうなの？　どこのメイドが紛れ込んだのよ？」

「わ、わたしはリース家で働かしてもらってるんです」

「ならお金はリース家に出してもらいましょう。それならいいわよね、お兄様。だって言い出したのはこのメイドだし」

「⁉」

「そ、それはちょっと……。彼女の一存でリース伯爵にそれほどの大金を出させるのは……」

「だってこの子が言い出したのよ。リース伯爵だってマリーのお誕生日なんだから出してくれるわよ。ねえ？　そうでしょう？　いい？　ノース地方にあるだけのルビーをぜぇーんぶ買い占めてくるのよ！　大きな宝石の石像を作るの！　ウフフ！　楽しみだわ〜！」

「そ、それは……」

それ見た事かポンコツメイド！　余計な事を言うからだー！

ヤバイヤバイヤバイ！　このままではリース家が破産する！

ノース地方にどれだけのルビーがあるか分からないが、このお姫様、足りなければ国中から買い占めて来いって言い出しかねないぞ！　そんな事になったらリース家は、お嬢様は……！

ヤバーイ！　まだゲームも始まってないのに、リース家没落⁉　お嬢様は平民に⁉　ア、アホ〜⁉　お嬢様に拾ってもらっておきながら、恩を仇《あだ》で返すとはこの事だろ〜⁉

何か、何か回避する策を……どうする⁉　何か、考えろ！　このままではお嬢様が！

「マリアンヌ様、それはいけません」

「……何ですって？」

凛《りん》とした声が響く。

一瞬お嬢様か、と勘違いするほど、意志のこもった声。

声の主は——メイド長さん！

「姫様、私は姫様がお小さい頃よりお仕えさせて頂きました。しかし、最近の姫様は余りにも我儘《わがまま》が酷《ひど》うございます。昔のお優しい姫様はどこへ行ってしまわれたのでしょうか……。姫様は今、長く王家に仕えてくださったリース家を、没落に追い込もうとなさっている。そのご自覚はおありですか？」

「な、何を言っているの？　ルシア」

「あまりにも短慮でございます。次期女王として、王家に仕えてくれるお家を軽んじるのは姫様の為になりません。もっと家臣となる方々を……」

「お黙り！」

「いいえ、黙りません。姫様、どうか――」

「うるさい！　マリーに口答えする奴は嫌いよ！　ルシア、お前はクビ！」

「姫様……」

うわあ、マジかマリアンヌ姫！　口答えする奴はクビとか、ダメなワンマン社長の典型！

「マリー、それは！　ルシアにはこちらから頼んで戻ってきてもらったんだよ!?」

「お兄様うるさい！　マリーに口答えする奴なんてお城にいても邪魔なの！　それに、前々からセンスが古臭いと思ってたのよ！　一度引退したんだから、そのままずっ込んでればよかったのに！」

「マリアンヌ……」

「レオハール殿下！」

レオハール様の声が一瞬低くなる。いつものほほんと笑っていた王子が笑みを消した瞬間、ルシアメイド長さんが制止するように遮った。

そして、深々と頭を下げる。

「分かりました。しかし、リース家に宝石を買い付けさせるのは、どうかご再考ください」

「ダメよ。これはけってーじこーだから！」

「姫様……」

ドヤ顔のマリアンヌ姫。肩を落とすレオハール様。

場の空気が最高潮に悪くなる中、俺は……。

「姫様、発言をお許し頂いてもよろしいでしょうか？」

「うん？　なぁにお前。そういえばお前も見慣れない使用人ね。新人？」

「いいえ、わたくしもリース家にお仕えする執事見習いでございます。本日は礼儀見習の一環として、お城にご奉仕させて頂いております」

「ふーん。まあどうでもいいけど。なぁに？　お前もマリーに説教するつもり？」

「まさか。そのような恐れ多い」

説教するよりぶん殴りてぇよ。ああ殴りたい殴りたい。全力チョップをあのデコにかましたい。

しかしそんな事をしても、お嬢様やリース家をますます危険にさらすだけ。

俺の成すべきはお嬢様とリース家を、この天災ばりに降ってわいた破滅フラグからお守りする事！　その為には、宝石の石像案を超える代案を出さなければならない。

マリアンヌ姫がルシアメイド長に話しかける為に席を立ち上がり、こちらを向いた事でそのヒントが見えた‼　………そう！

「宝石の石像もよろしいかと思いますが、食べられる宝石……フルーツを使ったバースデーケーキはいかがでしょうか？」

「食べられる宝石？　フルーツって……」

「はい。フルーツは調理法次第で、宝石のように輝きます。そうですね、例えば砂糖漬けにしたフルーツなどでしょうか。より甘くなるだけでなく光沢が出ますので、ケーキの上に敷き詰めるように載せ、ダンスホールのシャンデリアの光を浴びせれば、さぞ美しく煌《きら》めく事でしょう。ああ、ゼリーにくるんでも美味しく、可愛らしくなりますね。プルプルのゼリーの中に様々なサウス地方産の甘い果実を閉じ込めて、ゼラチンなどで異なった果汁を使い一段一段層を作れば、色彩鮮やかなだけでなく同時にいくつもの果実の味わいを楽しめます。ケーキのスポンジを重ねて、三段ケーキにしてみるのもいいかもしれません。いかがでしょうか？」

「さ、三段ケーキ⁉」

「はい、きっと姫様のお誕生日をゴージャスに彩ってくれるはずです。あとはそうですね、寒天で果汁を固め、形を整えたものに砂糖をまぶせば甘くて美味しくて見目も良い、装飾品のようなスイーツが出来ますね。寒天といえばリース家で栽培している『アズキ』を砂糖で煮込んだものも様々なスイーツに使える万能材料となります。そのまま召し上がってもよし、ケーキに載せたり、クレープ生地に生クリームやマーガリンと巻いてもよし。寒天と混ぜて固めると、独特な色と風味が出て、大変美味しゅうございますよ」

「……ゴク」

瞳《ひとみ》を輝かせて、食い付いてくれたお姫様。

やはり、この我儘姫を落とすには——『食い気』!!

小豆《あずき》はもったいないが、お嬢様の無事には代えられない。

あともう一押ししておくか……。

「ああ！　小豆といえば茶葉を煎《せん》じたクリームと合わせせると、なんとも言えない上品な口あたりと味わいになりますので是非！　姫様にご賞味頂きたいですね！　いかがでしょう？　姫様、果物の取り寄せは城の方がスピーディかと思います。城のシェフの方々に私からレシピ提供させて頂いて、まずは味見でも。砂糖に漬け込まねばなりませんが、早くとも明日か明後日には試食が可能かと思うのですが……」

「ゆ、許すわ！　今言ったもの、全て明日持って来なさい！」

……チョロい。が、これだけでは足りないな。

「はい、しかし……恐れながら、姫様がリース家に宝石の買い付けをお命じになられましたので……はあ、残念ながら小豆の畑は潰《つぶ》さねばならないでしょう……」

「!?　ま、待ちなさい！　なんでよ！」

「宝石をノース地方まで買い付けに行き、更にその料金までとなりますと……残念ですが畑をいくつも潰して売り払う事になります。小豆はリース家の畑の一部でしか、栽培していない大っ変！貴重な材料なのです！　生育も難しく、まだ生産が安定しておりませんから、潰すのならまず小豆から……」

「そ……っ……わ、分かったわよ！　お前の言う、そのアズキとやらに免じて宝石の石像は諦《あきら》めてあげるわ！　それと果物の砂糖漬けと言ったわよね？　今言ったお菓子、全部持って来なさい！」

はい。確約頂きました〜！　皆さん聞きましたね？

ちなみに小豆だが、俺のゴリ押しでリース家の畑の一画をお借りして、大豆とともに栽培している。

この世界ではあまりお目にかかれないし、正直半ば諦めていたのだが、奇跡的に存在を確認出来たので栽培に至った。

そんなわけで嘘は言ってないよ。貴重な材料なのはホントダヨ〜。

よし、この姫様の気が変わらないよう、話を別な方向にもっていこう。

誕生日までにうっかり『やっぱり宝石の石像も欲しいわ』なーんて思わないように！

永遠に忘れてもらうぜ！　マリアンヌ姫！

「かしこまりました。ですが姫様、今申し上げたケーキはどれも下準備が必要となりますので、とりあえず本日はフルーツポンチをお作りして参りますね」

「ふるーつぽんち？」

「たくさんのフルーツを砂糖水に浸して食べるものです」

本当は炭酸水だけど、今のところこの世界で炭酸水にはお目にかかった事がない。

なのでまあ、砂糖水は代用だ。

もちろん、さっき言った寒天粉で作る――小豆を煮込んで『餡子《あんこ》』にして、それを寒天粉で固めた物――羊羹《ようかん》とかも。

さすがの俺も作った事ないが……まあ、何となくそれっぽいのが出来るだろ。

つーか、お嬢様の為にそれっぽく作ってみせる！

「ふ、ふーん、なかなか美味しそうじゃない。じゃ、なくてさっさと作りに行きなさい！　マリーを待たせるんじゃあないわよ！」

「はっ、これは失礼致しました。では今しばらくお待ちください」

ガシッとマーシャの首根っこを摑《つか》む。跳ね上がるマーシャの肩。

にっこり微笑んで「手伝ってくれるよな？」と問うと、顔を青くしてコクコク頷《うなず》く。

うん、自分のやらかした事が理解出来ているならいいだろう。ゲンコツ三発で許してやる。

チッ‼　あんな我儘悪役姫の為に少量しか収穫出来ていない小豆を使う事になるなんて！

「帰ったら恋愛小説全部捨てるからな」

「ひいいい！　ごめんなさいごめんなさい！」

マーシャがいるとまた厄介な事になりそうだから回収しておこう。

あのアンナっていうメイドも、マーシャへの仕返しは十分だろう。

つーか、これ以上を望むんなら、リース家への攻撃を行ったと見なして相応の対応をさせてもらうぞ。

「あ、お待ち！」

「は、はい？」

テラス席から廊下へ出たところで、マリアンヌ姫に呼び止められる。

腰に手を当て、コツコツと近付いてくると、俺に向かってニッコリと微笑む。

え？　何怖い。嫌な予感がするんですけど！

「お前なかなか優秀そうだし、顔も悪くないわね。あたくしの執事として側《そば》においてあげてもいいわよ！」

ん、んんんんん〜〜〜!?

「は、は!?　わ、私を、でしょうか!?」

「そうよ！　栄誉に思いなさい！」

いやいやいやいや！　『栄誉に思いなさい！』っじゃ！　ねぇぇぇよぉぉお!?

は、はあああ!?

「っ、え、ええと、私はリース家に仕える……」

「今どこに仕えてるかなんてどうでもいいのよ！　お前は今、マリーの執事になったんだから！」

「えっ!?」

お、俺の意思は!?　この国でも労働は雇い主と従業員の合意が必要で……。

不当解雇はよく聞くけど、強制雇用は初めて聞いたぞ!?

「とりあえず今日から城に住むようになさい。夕飯はお肉がいいから用意しておいて！　あ、そのフルーツポンチというものを作ったら別のケーキも作ってきてね。お前お菓子作りが得意なんでしょう？　すごく詳しい感じだったものね？　可愛くて美味しいケーキよ。分かったわね？」

「え、え、えと……」

あまりの展開に言葉が出てこない。

相手が姫だからではなく、あまりにも軽やかに理解の範疇《はんちゅう》を超えていったからだ。

この小娘何言ってんの？

おかしい、同じ言語を使っているのに理解が出来ない。

お嬢様以外に仕えるなんて、俺には考えられない。

お嬢様以外の主人など、断固！　お断りする‼

だが、このお姫様になんて言えば諦めてもらえるのだろうか？

下手をしたら俺のせいでお嬢様やリース家に矛先が向けられてしまうのでは……⁉

「ちょっと！　何を固まっているの⁉　さっさとフルーツポンチを作って持ってらっしゃい！」

「は、は、い……」

あ、ああ、そうだったな、フルーツポンチ……、い、いや、流しちゃダメじゃね？

「待ってマリー。彼はダメだよ」

「⁉」

流されかけた思考がレオハール様の声で冷静さを取り戻す。

心配そうに見上げてくるマーシャ。緊張した顔をしていたスティーブン様とエディン。

狼狽《うろた》えた顔をしていたライナス様の隣で、レオハール様が一歩前に出る。

「何が？」

ぎろり、とレオハール様を睨《にら》み付けるマリアンヌ姫。

俺は固唾《かたず》を呑《の》んでなりゆきを見守るしかない。

もし、本当にマリアンヌ姫付きになったらどうしよう。

自分の運命が他人の手に委ねられるのが、こんなにも不安だとは……。

「彼はアミューリアの生徒だ。『卒業するまでは何人もアミューリアで学ぶ事を阻害してはならない』。これは法で定められている。それに彼はまだ見習いだよ？　『王族に仕える者は一定以上の品格・スキル・血統が必要となる』という法にも彼は触れるかな？　ヴィンセントは平民の出だったよね？」

「は、はい！」

力いっぱい、拳《こぶし》付きでレオハール様に答える。

そんな法があるとか聞いた事ないけど、あるなら確かに抵触するな！

「そうだな。そいつはやめておけ、マリー姫。ものすごく口うるさいぞ。朝は容赦なく起こしてくるし嫌いな食べ物も無理やり食べさせようとする」

はあ～？　エディン！　お前が俺の何を知っている!?

「あ、当たってるべさ……！」

「…………………」

確かにマーシャとケリーは何の容赦も遠慮もなく朝たたき起こすし、嫌いな食べ物もしれっと食事に混ぜて食べさせるけれども。

「え、そ、そうなの？」

「んだ！　寝坊すると布団はがすし、カーテン開けるし、ムッチャ怒鳴るし鼻摘《つ》まむし！　スープに擦ったニンジンやピーマン混ぜるんださ！」

あれ、これ俺が悪いみたいな言われ方されてないか？

そこまでしないと起きないマーシャが悪くない？

スープだって気付かずおかわりしていたくせに、ひどい言われようだな！

「………。じゃあいいわ。お前今をもってマリーの執事クビね。フルーツポンチ早く持ってきなさい」

「は、はい！」

マーシャの首根っこを摑み、ようやくテラス席から離れる事に成功した。

助かった？　助かったよね？

そろり、と後ろを振り返って見る。

う、うん、大丈夫……た……っ助かった！

乗り越えた～～～～！

＊＊＊

恐怖のお茶会から二日が経った。

アミューリア学園の薔薇《ばら》園。

今日の昼食もここで食べる事になっているので、俺は弁当や諸々《もろもろ》が入っているバスケットを開く。

白いテーブルクロスをテーブルにかけ、椅子にはそれぞれ色の異なるチェアマットを敷いた。

一緒に来たお嬢様には先に着席して頂き、テーブルにプレースマットを敷いて、皿や食器を並べる。

そこへティーカップやソーサーを準備してくれるのは、エディンのところの執事、シェイラさん。

多分俺が「テメェの飯は自分で用意しやがれ」と言い過ぎたので、シェイラさんをここに呼び付けるようになったのだと思われる。

一応、エディンの弁当はシェイラさんが持ってきて置いていくが、今朝俺がこの弁当を作ってるところに現れ「ご一緒してもよろしいですか」と、俺と同じメニューを作っていった。

間違いなく、エディンの弁当のメニューはうちと同じである。

さすが公爵家の執事。主人を仲間外れにさせない配慮！

執事といえば、ライナス様とスティーブン様、レオハール様のところは使用人が来た事ないんだけど、これって普通？　突っ込んで聞かない方がいい感じ？

いやあ、しかしシェイラさんは相変わらず手際がいいな。

使用人宿舎でも色々気遣ってくれるし、もっと話をして仲良くなりたい！　でもシェイラさんはエディンの家の！　エディンの執事！

……ああ、もちろん複雑ですともよ。

でもいい人なんだよ。優秀だし、執事として学ばせてもらう事も多いし、いい手本だよ！

「そういえば、シェフの手配ありがとうございました、シェイラさん」

「ああ、いえ。とんでもありません。シェフたちも勉強になったと喜んでいましたよ。ヴィンセントさんの提供してくださったレシピのおかげです」

地獄のお茶会のあと、俺はマジにお誕生日ケーキの試作をお城のシェフと行った。

お茶会の日は、いつもよりシェフの人数を増員していた。

しかし俺の『お誕生日はゴージャスなケーキ』発言のせいで、翌日も急遽《きゅうきょ》『ゴージャス誕生日ケーキ試作』の為、またもシェフが増員になったのだ。

休日出勤になったシェフの皆様、マジですみません。悪いのは大体マリアンヌ姫です。

そして昨日、ケーキ試作の為にシェフを確保してくれたのがこの人。

まあ、エディンが一昨日の時点でシェイラさんに指示していたらしいけど、きっと執事あるある『手柄は主人に！』だろう。

そんなわけで言い出しっぺの俺は学園生活四日目にもかかわらず『公務』として学園を休み、昨日一日お嬢様のお顔を拝む事も叶《かな》わず、あの我儘《わがまま》姫の為にシェフたちとひたすらケーキを試作し続けていたのである。

姫のお茶会に招かれた令嬢が倒れる理由を、実感したよ。

これはほんとトラウマになるわ……。

「レシピ？」

と、席に座って本を開いていたお嬢様が俺たちの会話に反応された。

うちのお嬢様、ご自身でも料理を嗜《たしな》まれるから興味を持たれたのだろう。

ヤバい、レシピの話から『わたくしも作ってみようかしら？』とかいう流れになったら、俺がお嬢様にデザートをお作りするという貴重なご奉仕タイムがまた減る！

よし、その手の話になったらなんとかごまかそう。

「はい。マリアンヌ姫様のお誕生日パーティーでふるまわれるケーキの話です」

「昨日、お城のシェフの方々と試作品を作ってきたのよね？」

「ええ。今日のデザートは昨日の試作品をお持ちしましたよ」

「小豆がデザートになる話をしていなかった？」

「ああ、ええ、まあ……。ですが小豆《あずき》はやはり量がすぐに確保出来ませんでしたので、姫様のお誕生日三日前あたりに、リース家から送ってもらう事になりました。小豆を加工したデザートは、姫様の誕生日当日に食べて頂く事になりそうです。なので小豆のデザートは、本日分にはご用意出来ておりません」

「そうなの……」

小豆から餡子《あんこ》に加工するのは意外と時間がかかる。

結構な時間煮込まなきゃいけないから、アレ。

しかし、お嬢様も餡子には興味がおありか。可愛らしい！　後日必ずご用意致します！

小豆の加工品イコール餡子、は言い出しっぺの俺も携わりますので、確保は容易いのですよ！ご安心を！

餡子さえ作っておけば、まあ、あとは城のシェフの仕事だ。

あのお姫様は『美味しいケーキが何種類も食べられて、餡子のように貴重で珍しい素材が使われたケーキが自分の為だけに作られる』ならば、とりあえずそれでいいらしい。

俺？　俺は当日手伝わないよ。当たり前だろう、城お抱えシェフの仕事を奪う事になるし、俺そもそも執事見習いであってシェフじゃないし。

その上、なぜかアミューリアの生徒は姫の誕生日パーティー強制参加らしいし、何より俺の料理はお嬢様の為のものだ！

あんな恐ろしいお姫様の為なんかに、もう二度と作るもんか！

この二日間は、お嬢様、そしてリース家の為の大サービスだ！

レオハール様にあのあと改めて確認したところ、宝石の石像の件は「あれはもう頭にないね」という事なので彼女の鳥頭部分にだけは感謝しよう。いや、食欲かな？

ついでにその食欲のおかげで、マーシャを陥れようとしたあのアンナとかいうメイドの悔しそうな顔を見る事が出来た。あれはなかなかにスカッとしたな。

メイドといえばルシアメイド長さんは本当に辞めてしまうそうだ。

そこは本当に申し訳なかった。後日マーシャに詫《わ》びを入れさせよう。

そして重要な事がもう一つ………。

「お嬢様、オルコット侯爵様よりお返事は？」

「ええ、今朝お手紙が届いたわ。『諸々片付いたので安心してほしい』と書いてあったわね」

「はあ、良かった！　お許しくださったんですね！　オルコット侯爵様！」

「ええ。一昨日、わたくしが事情を説明しにお屋敷に行った時も、温かく出迎えてくださったもの。今日届いたお手紙には、『姫様が華雪石のブローチやイヤリングをご所望されているので、割れた石像に関しては弁償不要。むしろ砕く手間が省けた』とも書いてあるわね」

「あははは……」

オルコット侯爵、なんて寛大なお方なんだ！　心の底からありがとうございます！

お嬢様にお手紙でその後の報告までしてくれるなんて、マメで親切な紳士だな〜。さすがセントラル北区の領主。

「ところで、オルコット侯爵様はどんな方だったんですか？」

「そうね、素敵な紳士だったわね」

なぜか目を逸《そ》らすお嬢様。

「お嬢様？」

「その、お歳はわたくしのお父様より一回り以上、上のはずなのだけれど。なんと言えばいいのかしら？　うちのお父様と変わらない感じで、すごく驚いたのよね」

「若々しい方なんですね？」

「あれはそんな言葉では片付けられないわよ」

そ、そんなに？

「ああ、そういえばお父様からも手紙が来たわ。貴方に伝言があるわよ」

「え？」

俺が『小豆を送ってください』って頼んだのはローエンスさんだぞ？

あと返事が早すぎる。お茶会後にソッコー手紙を書いて送ったとはいえ、収穫量と品質のチェックをしなければ具体的な返事はくださらないと思っていた。

暇なの？　旦那《だんな》様暇なの!?

「『アズキの件は承った。畑は拡張しておく』。だそうよ」

「あ、そっちですか。さすが旦那様」

姫が餡子を気に入った場合を想定して畑を拡張、あるいは王族が口にしたのを理由に、本格的に農家に売り込むつもりだ！

笑顔で親指を立てている旦那様が目に浮かぶ！　ちゃっかり者めぇぇ！

「ところで今日のお弁当は何？」

澄んだ紫色の瞳《ひとみ》が俺の持つバスケットを見る。

お嬢様！　お嬢様が俺の作ったお弁当を楽しみに⁉

ああ、今日も今日とてレオハール様やスティーブン様やライナス様、あとエディンとマーシャの分も作って来てしまったけれど。

メインはお嬢様ですから！　そこは揺るぎありませんから！

つーかシェイラさんがエディンの弁当作ってたの、真横で見て知ってたのに、なんで俺は奴の分まで作ってしまったのだろう？

い、いや、きっと野郎どもは成長期でたくさん食べると思って？　そ、そういう事にしておけ！

「今日はハニーシナモンバナナトーストです」

「美味しそうね」

「わあ、本当だ。美味しそうだね～」

「！」

「レオハール様」

うお、びっくりした！

いつの間にかレオハール様がお嬢様の真後ろにやってきていた。

シェイラさんはすでに入り口でエディンを出迎え、そしてそのまま俺に『あとはお願いしますね』という意味の笑顔を残して去っていく。

あの人、使用人宿舎の統括みたいな事もしているから忙しいのだ。

すんなりエディンの世話を俺に任せていくのは、俺を同じ執事として信頼しているからなのか、はたまた主人の敵と見做《みな》すか否か、試されてるのか……。

「これは何という料理？」

「ハニーシナモンバナナトーストというそうですわ」

「へぇ～、ではこっちは？」

「そちらはデザートのケーキで……」

え？　レオハール様がお嬢様の隣に座った？

お、おーい、いくら王子様でも婚約者がいる令嬢の隣に座るのはいいのか～？

……うん、エディンはまったく気にした様子もなくレオハール様の隣に座ったな？

コ・イ・ツ！　本当にうちのお嬢様を婚約者として見てないって事だな⁉

「あ、あの、……私たちも……、ご一緒して……よろしいでしょうか……？　ロ、ローナ様……私がお隣でも……その……」

「ええ、もちろんですわ。どうぞ」

「ディリエアス、隣は空いているか？」

「空いていない。スティーブンの隣に座れ」

続けて薔薇園に入ってきたのはスティーブン様とライナス様。

ごつい男の隣は嫌なのか。

エディンに拒否されたライナス様は、素直にお嬢様の左側に腰を下ろしたスティーブン様の隣に座った。

何この乙女ゲームの逆ハーレムっぽい光景。

「こんにちは～！　スティーブン様、借りた小説読み終わったべさぁ～！」

「あ、マーシャ……！　ど、どうでしたか？　私は弟と入れ替わった主人公が、王子様に告白されるシーンが良かったのですが……」

そこへ本一冊のみを手に現れるマーシャ。

憐《あわ》れ空気を読んだライナス様が隣の椅子に移動して、スティーブン様の隣をマーシャに譲ってくださる。

何あの紳士。イケメン。

「も、申し訳ありません、ライナス様」

「ん？　いや、気にしなくていい。うちの使用人でもないのに、ヴィンセントには今日も昼食を作ってもらってしまったからな！」

それもそうだったな？

ついでに言うとレオハール様やスティーブン様の分も、作ってくるのが当たり前みたいになってるよな？

いや、もうそれは諦《あきら》め付いてきたけど。

「ごちそうさま！　ヴィンセント、砂糖が使われてないケーキってこの中にある？」

「ありますよ。こちらのバナナケーキとチェリーパイとピーチパイは蜂蜜《はちみつ》を使いましたので砂糖不使用です」

「わあ！　さすがヴィンセント！」

デザートのバスケットを覗《のぞ》き込むレオハール様。

どうやらすでにハニーシナモンバナナトーストは平らげたようだ。

食後のデザートに目を輝かせている姿を見るに、本当に甘い物は好きなんだろう。

それなのに砂糖アレルギーとは難儀なものだなぁ。

「それにしても、ずいぶん色々種類を作ってきたのね？」

「ケーキはカットされているものばかりだな？」

「近い離れろ」

「何なんだ」

レオハール様がカットされたチェリーパイを幸せそうに口にする横で、お嬢様とエディンが同時にバスケットを覗き込む。

その顔の近さは許せん。離れろ。そしてお嬢様には俺が皿へ取り分ける。お前は自分でやれ。

「わ、わあ……、本当に色とりどりできれいですね……！　これはもしかして、先日マリー様に提案していたケーキではありませんか……？」

「はい、昨日試作したケーキを一切れずつ持って帰ってきたものです。城仕えや公爵家お抱えのシェフにお手伝い頂きましたが、その、大半は俺が作った試作品ですので、お気になるようでしたら……」

「……レオはまったく気にしていないな」

複雑そうに呟《つぶや》くエディンの視線の先には、幸せそうに頬を染めてピーチパイを食べるレオハール様。

まるでダイエット中に甘い物の誘惑に負けたＯＬのような『これこれ～』顔だ。

「わ、私も気になりません……！　この、色々なフルーツが載っているものを、頂いても……いいでしょうか……」

「ええ、どうぞ」

　スティーブン様安定の愛らしさ。

　ケーキ屋さんのバイキングにきた女子みたい。

「この黒いケーキはなんだ？　ヴィンセント」

「ショコラです。あ、ですがマリアンヌ姫様用なのでライナス様には甘すぎるかもしれません」

「う……、そ、そうか。甘すぎるのはちょっとな……」

　まあ、ライナス様もそこそこ甘党の部類だと思うけどな。

　先日のお茶会で出されたお菓子はすべてマリアンヌ姫仕様という事で、ライナス様も一口で挫折《ざせつ》したレベルの甘さだったらしい。

　試作品なのでそのレベルではないが、やはりショコラケーキにしては激甘だろう。

「この緑色のは何だ？　腐っているのでは……」

「若い乾燥茶葉を粉末にしてクリームに混ぜたものだ。多分この中では一番甘くないな」

「ほ、ほう？」

　このメンバーだと多分一番甘い物に興味なさそうだったが、エディンは意外にも貴族が一番手を出しそうになかった抹茶クリームを手に取った。

　抹茶といってもこの世界で日本のような味は出ないので、クリームチーズを使い抹茶ティラミス風に出来ないか試したもの。

　あ、そういえば抹茶ティラミス風も砂糖不使用だった。

それをエディンに伝えると、なぜかニヤリと笑う。な、何アレ？

「レオ、砂糖不使用だそうだぞ」

「え？　何その色……むぐ！」

お、王子に毒見させただと～!?

「……美味しい」

「良かったな」

そして安全確認後に自分で食べ始めるとは……！　ク、クズ過ぎる！

「では俺はこれを貰《もら》ってもいいか？」

「ええ、どうぞ」

ライナス様は悩みに悩んでフルーツゼリーのケーキを皿に載せた。

なりに似合わずなんて乙女のようなチョイス……。

「お嬢様は……」

「待って。今決めます」
ス、スッゲー真剣に悩んでらっしゃる。
な、なんという威圧感！　『悪役令嬢』感が出まくってますお嬢様！

えーと、さっきお嬢様に取り分けたのは定番のショートケーキとクッキー台にチーズケーキ、ゼラチンで色々なフルーツを固めたゼリーを重ねたレアチーズケーキ。

それからシフォンケーキに生クリームを塗り、細かくした色とりどりのマシュマロをちりばめ、一番上にマカロンをあしらったケーキ。

「義兄《にい》さん、義兄さん、私も食べていいべさ?」

「お前は余りだ」

「決めたわ。これにします」

「じゃあ、わたしこれ!」

「はいどうぞ、お嬢様。ほらマーシャ、ちゃんと座って食べろ」

「はあーい!」

お嬢様が選んだのはマシュマロとマカロンのシフォンケーキ。

マーシャはショートケーキ。

俺としてはレオハール様ぐらい遠慮なく食べて頂いて良かったんだが……。

「ん……」

「ンン〜〜〜」

……まあ、幸せそうに食べてるから良かった。

「ああ〜、美味しい……幸せ……」

「レオハール様は、その、意外と甘い物がお好きですのね?」

「うん! 甘い物は大好きだよ!」

「…………」

満面の王子スマイルを向けられて、さすがのお嬢様も少し赤面。

お、お嬢様が照れて目を逸らした、だと!?

恐るべし、攻略対象人気不動の№1……!

「それに、ヴィンセントの料理の腕は本当にすごいよね。砂糖を使わなくても美味しいお弁当を作ってくる。明日もお願いしていい？」

「構いませんが……。このくらい、城のシェフにも出来るのではありませんか？」

「いや、城の料理はマリーの好みが優先されるし、僕の我儘《わがまま》まで押し付けるのは申し訳ないというか……」

ええ……なにこの王子。

自分から気苦労背負い込むタイプすぎて、色々心配になるんですけど。

「し、仕方ありませんね、レオハール様の昼食も俺がお作り致しますよ」

「え？」

「よろしいでしょうか、お嬢様？」

「レオハール様がお望みならいいのではないかしら？　どうなさいますか？　ヴィニーは問題なそうですが……」

「え？　え？　それって明日からも毎日作ってくれるって事？　こっちこそいいの？」

え？　聞きました、皆さん。

『いいの？』って聞き返してきましたよ、この王子。

さっきのケーキを食べる顔といい、どれだけ抑圧されてるんだ……。お兄さん泣けてきちゃうよ！

「構いませんよ。先日のお茶会で、お世話になりましたし」

「え？　あ、あぁ、アレ？　気分を悪くしたかと……」

「意図が分からないほどではありませんので、まったく気になどしておりませんよ」

地獄のお茶会で俺がマリアンヌ姫に「あたくしの執事として側においてあげてもいいわよ！」と言われた際の、レオハール様の助け舟の事だ。

『卒業するまでは何人もアミューリアで学ぶ事を阻害してはならない』と、『王族に仕える者は一定以上の品格・スキル・血統が必要となる』。

これら、なんとでまかせ。

変だなー、と思って帰寮してから調べたら、校則にも王族従事法にも載ってない。

「マリーが勉強して知っていたらアウトだったよね〜」

「絶対知らないと思って言ってたくせに、よく言う」

と、エディンがジト目で突っ込みを入れる。

うんうん、とどちらに同意してるのか分からないが、頷《うなず》くスティーブン様とライナス様。

なんとなくスティーブン様はエディン、ライナス様はレオハール様への同意っぽい。

「じゃあ、明日からも僕のお弁当お願いしていいの？」

「ええ。では、そのように」

本来なら俺の料理はお嬢様の為だけに作るものだけどな！

レオハール様には借りも出来てしまった事だし、し、仕方なくな！

「わあい！　ありがとう、ヴィンセント！　ありがとう、ローナ！」

「い、いいえ、わたくしは……」

近い近い！　攻略対象人気不動の№1、お嬢様に顔が近い！　ああ、あのお嬢様でさえ顔が赤い！

「レ、レオ様、お、お顔が近いです……」

「あ、ごめん⁉」

「い、いいえ……」

ナイス、スティーブン様！

ええい、野郎どもはそっちでわちゃわちゃしていろぉう！

「義兄さん、ケーキもうないの⁉」

「ないならないんじゃ……っていうかお前はなーに貴族の皆様と一緒にくつろいでるんだ～？　ア？　昼飯食い終わったなら、食器をお下げするなりバスケットに入れて後片付けをするなりやる事はあるよなぁ？」

「は、はいぃ！」

「マ、マーシャ……、後片付けが、終わったら……小説のお話を、しませんか……？」

「するー！　あ、し、します！」

コイツはマジでどうやったら礼儀作法を覚えるのだろう？

スティーブン様、マジであんまり甘やかさないでください。

「……ヴィニー」

「はい？」

「ありがとう」

「？　いいえ。とんでもございません、お嬢様」

なんだか分からんがお嬢様がご機嫌だ。ケーキ、そんなにお気に召したのかな?
まあいい、恐怖のお茶会を乗り越えた今、あとは戦巫女《ヒロイン》召喚までにお嬢様とエディンの婚約を解消させ、各攻略対象ルートへの誘導作戦を準備するぞ!

……ちなみに、マーシャはお城を出禁にした。
あと、後日レオハール様が「マリーがまた太った」と嘆いていた。
そこはマジですまん。

あとがき

こんにちは、古森《こもり》きりと申します。

この度は本作品をお手に取って頂きありがとうございます。

某コミックアプリで『悪役令嬢』というジャンルを知り、面白そうだな～、と軽い気持ちで『小説家になろう』へ掲載を始め一年となります。なんという事でしょう。本になりました。

お話を頂いた時、腰が抜けて一時間ほど立てませんでした。マジで。

『小説家になろう』で読んでくださった皆様、応援してくださった皆様、特に更新の度に誤字脱字等をご指摘くださった方には特にお世話になりました。改めて本当にありがとうございます。

そして、数ある作品の中から私の作品を見付けてくださった担当様、素晴らしいイラストを描いてくださったもしき様、本作に携わってくださった関係各位の皆様、ありがとうございました。

母と祖母と妹、うちのお犬様にも感謝を伝えたいと思います。

最後に愛《いと》しき我が子よ、色んな方のもとへ行ってたくさん愛してもらえるといいね。

では、次巻でもお会いできれば幸いです。

古森きり

お便りはこちらまで

〒102－8078
カドカワBOOKS編集部　気付
古森きり（様）宛
ももしき（様）宛

カドカワBOOKS

うちのお嬢様《じょうさま》が破滅《はめつ》エンドしかない悪役令嬢《あくやくれいじょう》のようなので俺《おれ》が救済《きゅうさい》したいと思《おも》います。

2019年3月10日　初版発行

著者／古森《こもり》きり

発行者／三坂泰二

発行／株式会社KADOKAWA

〒102-8177
東京都千代田区富士見2-13-3
電話／0570-002-301（ナビダイヤル）

編集／ビーズログ文庫編集部

印刷所／旭印刷

製本所／本間製本

Printed in Japan
ISBN 978-4-04-735521-7 C0093

新文芸宣言

かつて「知」と「美」は特権階級の所有物でした。

15世紀、グーテンベルクが発明した活版印刷技術は、特権階級から「知」と「美」を解放し、ルネサンスや宗教改革を導きました。市民革命や産業革命も、大衆に「知」と「美」が広まらなければ起こりえませんでした。人間は、本を読むことにより、自由と平等を獲得していったのです。

21世紀、インターネット技術により、第二の「知」と「美」の解放が起こりました。一部の選ばれた才能を持つ者だけが文章や絵、映像を発表できる時代は終わり、誰もがネット上で自己表現を出来る時代がやってきました。

UGC（ユーザージェネレイテッドコンテンツ）の波は、今世界を席巻しています。UGCから生まれた小説は、一般大衆からの批評を取り込みながら内容を充実させて行きます。受け手と送り手の情報の交換によって、UGCは量的な評価を獲得し、爆発的にその数を増やしているのです。

こうしたUGCから生まれた小説群を、私たちは「新文芸」と名付けました。

新文芸は、インターネットによる新しい「知」と「美」の形です。

2015年10月10日

井上伸一郎

夏野夜子　イラスト／**赤井てら**

コケた拍子に異世界トリップした女子高生のスミレは、行き倒れる前に銀髪の男に行き倒れられ、なんやかんやと冒険者ギルドで働くことに。特別な力があるわけでもなく変な動植物に懐かれながら暮らすスミレの明日はどっちだ!?

カドカワBOOKS